La blague du siècle

Jean-Christophe Réhel

LA BLAGUE DU SIÈCLE

roman

DELBUSSO
ÉDITEUR

En couverture :
photo de Gemma Evans

Del Busso éditeur
delbussoediteur.ca

Distribution : Socadis
Diffusion : Gallimard Canada

© Del Busso éditeur, 2023

Dépôt légal : 3e trimestre 2023
Bibliothèque et Archives nationales du Québec
Imprimé au Canada

ISBN : 978-2-925079-52-1
ISBN ePub : 978-2-925079-53-8

1

Un gars se commande une bière et dit au serveur que c'est sa blonde qui paye ce soir. Elle la trouve vraiment pas drôle. Un humoriste connu vient de sortir de scène, il était en rodage. Quelle mauvaise idée d'aller voir des rodages. J'ai attendu trois mois pour voir ça et je suis déçu. J'ai souri, mais je n'ai pas ri. Je suis peut-être brisé. J'envoie un texto à mon ex. Je fixe son nom sur l'écran de mon téléphone : Nicolas C'est Le Démon. C'est comme ça que je l'ai surnommé dans mon cellulaire. Il ne me répond pas. Je regarde les cartes postales collées derrière le bar. J'essaie de voir ce qu'il y a d'écrit dessus, je suis capable de ne lire que deux mots : « Ciao Bella ». Tout le monde me gosse aujourd'hui. Leur esti de bonheur. Pourquoi je ne peux pas avoir du fun ce soir, pourquoi je ne peux pas être le gars trop saoul là-bas ? Son ami l'enlace par la nuque, les deux se parlent à deux pouces de la face. Moi aussi, je veux parler à deux pouces de la face de quelqu'un. Je veux avoir un vrai fou rire, être léger, sentir que je ne touche plus le sol, manger une pizza à quatre-vingt-dix-neuf cennes au coin de la rue, baiser dans un lit propre. Une femme mord le poignet d'un gars qui hurle en souriant. La femme crie, satisfaite : « Tiens mon tabarnak ! » Tout le monde m'énerve.

Je marche sur Ontario, j'aimerais avoir un chien. J'appelle mon chien imaginaire à voix haute.

— Aweille, Ti-père ! Viens, Ti-père !

Je donne cinquante cennes à Bernard. Je donne toujours de l'argent au même itinérant. Je ne connais pas son nom, mais dans ma tête, je l'appelle Bernard. Il est tout maigre, il n'a pas de cheveux. Il flotte dans son gros coat de cuir avec sa petite cage mauve à côté de lui. Son animal de compagnie est un rat blanc. Je me demande si son rat a un nom.

Il pleut. Je suis devant l'arrêt d'autobus, j'attends le 189. Je sors mon cellulaire de ma poche : trois appels manqués. J'ai oublié d'enlever la sourdine. Trois fois Guillaume.

Fuck, y a de quoi de pas normal. Mon frère m'appelle juste quand il se passe quelque chose de grave.

— Tu m'as appelé ?

— Ouin. Pa' est encore tombé.

— T'es pas sérieux ? Y'était où ?

— Ouin. Dans le bain.

— Câlisse, Gui, tu le sais qu'il faut que tu le surveilles quand il prend son bain !

Il y a un silence. Il finit par me dire :

— Ouin, désolé.

Son « ouin » est lourd et juvénile. Ça vient des tripes et ça sort par le nez. Ça s'étire comme le son d'un tuba. À certains moments, dans une conversation, il va dire son « ouin » même s'il n'est pas d'accord. C'est comme une virgule ou un point. Ça fait partie de lui. Un gros nounours de deux cent soixante livres et six pieds quatre qui fait « ouin ». J'entre dans le bus, je colle ma carte sur la borne électrique. La lumière verte s'allume.

— T'es-tu là ?

— Oui, scuse... je suis dans l'autobus.

Il ne reste plus de siège individuel. Je n'aime pas sentir la cuisse d'un inconnu qui me touche.

Fuck it, je veux pas rester debout pendant vingt minutes.

— Y saigne-tu? Y'a-tu quelque chose de cassé?

— Y'est correct, il dort en ce moment.

— J'arrive bientôt. Bye.

— Dérange-le pas quand t'arrives, il dort bien... OK, Louis?

— M'K... salut.

La femme assise à côté de moi fouille dans sa sacoche. Ça prend du temps, j'ai envie de l'aider. Son coude passe proche de ma face. Elle sort un sandwich aux œufs.

Pitié.

Elle enlève la pellicule plastique, l'odeur se répand dans tout le bus. J'ai un haut-le-cœur. Je respire par la bouche, je regarde vers la fenêtre embuée. Je ne vois rien, j'essaie de me changer les idées.

Ça m'écœure.

J'observe les traces de pluie sur la vitre. Plein de petits chemins sinueux qui ne mènent nulle part.

Ça m'écœure, ça m'écœure, ça m'écœure.

2

Je me fais réveiller par du gros beat.

Ah non, pas encore, câlisse.

«SUMMERTIME, WHITE PORSCHE CARRERA IS MILKY! I'M ON THE GRIND, LET MY PAPER STACK BUT I'M FILTHY!»

Il est 6 h 30.

Encore.

— Guillaume!

Aucune réponse.

«SO I DON'T CRUISE THROUGH NOBODY'S HOOD WITHOUT MY GUN!»

La même toune joue depuis deux semaines.

Il m'épuise.

— Guillaume, câlisse!

Je me lève, j'essaie de trouver mon t-shirt, les yeux encore collés par la fatigue, je ne le trouve pas. Je sors de ma chambre en boxer. Je cogne à sa porte. Pas de réponse. Je cogne plus fort. Pas de réponse. J'ouvre la porte. Mon frère en bedaine est assis devant son ordinateur, en train de rouler une cigarette. Il y a des mégots et des assiettes sales partout sur son petit bureau. Son lit est défait, des petits tas de linge jonchent le plancher. Les yeux bleus d'Eminem me regardent sur le mur du fond, avec sa tête bleachée et ses cheveux très courts. Chaque fois que je vois Eminem dans la chambre de mon frère, je pense aux joints que je fumais dans le parc avec mes amis louches en écoutant *Stan*.

La chambre de Gui me ramène toujours dans le passé. Les blagues de mauvais goût dans le cours de biologie, les batailles, les tapes dans la face au gym, dans la cafétéria, devant les casiers. Sa chambre me fait aussi penser au vent d'automne, aux retenues, aux suspensions, aux lettres d'excuses, aux mauvaises notes, aux «fuck you, je m'en câlisse, man», aux cris, aux boules dans le ventre, aux déceptions, aux soupirs de mon père, au nombre de fois qu'il m'a dit: «Qu'est-ce qu'on va faire, Louis?» La chambre de Gui me fait aussi penser à quand mon frère m'imitait, à quand on était des ados et que je cachais des joints dans ma commode. Tout le pot que j'ai fumé avec lui derrière le bloc appartements. Les fous rires en se regardant dans les yeux et en se trouvant crissement brillants. J'ai pété des grosses coches à mon père. J'ai vu Guillaume lui en péter aussi, mais ses crises à lui se sont transformées en paranoïa. C'était autre chose. Il accusait mon père d'être un motard, même si Sylvain n'a jamais conduit de moto. Sa chambre me fait penser à Gui qui m'annonce qu'il n'ira plus jamais à l'école. Je mangeais un popsicle. Mon frère s'est avancé vers moi, il a plongé sa main dans son sac de chips en disant qu'il ne retournerait plus jamais dans une classe de sa vie. Il m'a dit ça comme si de rien était. Il était en secondaire trois et il portait une casquette par en arrière. J'accumule les petites jobs depuis mes seize ans pour aider à payer le loyer. La chambre de Gui me fait penser aux études que je n'ai jamais faites en musique. J'aurais aimé être un artiste. Quand j'étais un p'tit cul, j'improvisais des shows dans ma chambre avec Gui. Il était toujours le drummer, il tapait sur des casseroles avec des cuillères en bois. Je chantais devant le mur. Maintenant, c'est l'automne et c'est plus le temps d'aller à l'école. C'est comme ça. Les arbres sont rouges et je veux dormir.

Les yeux bleus d'Eminem regardent mon frère en bedaine. Eminem à Pointe-aux-Trembles dans la chambre d'un schizophrène.

— Le son est-tu trop fort?

Gui me dit ça avec toute la candeur du monde.

Oui, Guillaume, le son est fort, le son est toujours trop fort, le son est trop fort comme tous les matins.

— P'tit peu, ouais.

— Ouin, scuse-moi.

Il me regarde comme un garçon de huit ans qu'on aurait surpris en train de voler des bonbons.

«THEN SHE CAN RUN AND TELL HER BEST FRIEND 'BOUT MY SEX GAME!»

Un enfant de vingt-huit ans avec des tattoos dans le cou.

«THEN HER BEST FRIEND COULD POTENTIALLY BE NEXT!»

Il y a un échafaudage de têtes de mort sur sa peau. Ça part de sa nuque et ça monte jusqu'à l'arrière de ses oreilles. Les têtes finissent leur course aux tempes. Quand il a débarqué dans l'appartement avec ses nouveaux tattoos, Gui était tellement fier du résultat. Il ne se doutait pas une seconde que Sylvain serait en tabarnak. Il pleurait comme un nouveau-né sur le divan. Il bouchait ses oreilles pour ne plus entendre les insultes que notre père gueulait dans la cuisine. Pour désamorcer la situation, j'avais touché son bras en disant un truc du genre: «Au moins, tu te feras pu écœurer.» Il s'était essuyé les yeux en riant. C'est un souvenir qui me revient souvent : Gui qui s'essuie les yeux en riant.

— Le show était-tu bon hier ?

Je comprends pas la question. Je suis encore fatigué, je suis encore dans les vapes. Il me regarde avec de grands yeux. Il attend une révélation.

— De quoi tu parles ?

— Le show d'humour que t'es allé voir ?

J'avais déjà oublié.

— Non.

Guillaume a l'air super déçu pour moi.

— Shit, ton billet était cher en plus...

— Je vais me recoucher. Mon shift commence dans trois heures. Baisse ta musique, Gui !

Ces énormes doigts écrasent les petites touches de son vieux laptop. Il a plein de bagues. Des grosses bagues de pimp. Si on les regarde très vite, on pourrait croire qu'il s'agit de vrais diamants.

— Thanks...

Je retourne dans ma chambre. Je n'ai qu'une vieille commode turquoise dans le coin de la pièce. Le même vieux meuble que je traîne depuis mon enfance. L'écriture de Gui sur l'un des tiroirs : « RAP FOREVER ». Je m'allonge dans le lit. Le soleil dessine d'étranges motifs sur les murs blancs et nus de ma chambre.

Shit, Sylvain ! J'étais trop saoul hier, je suis même pas allé le voir !

Je me lève d'un bond. J'ouvre doucement la porte de sa chambre. C'est sombre, ça sent le Purell et la soupe

Lipton. Le ventilateur est allumé, il projette une petite lumière bleue sur le mur, près du lit. Je m'approche.

Il respire encore.

Son cellulaire s'illumine sur la table de chevet. Une notification de Tinder apparaît furtivement : « You got a new match ! » accompagnée de trois bonhommes avec des cœurs dans les yeux. J'ai le temps d'apercevoir le dos et la tête de mon père grâce à la luminosité de la notification. Le ventilateur fait un vrombissement de la mort. Il est vieux comme la lune. Il faudrait que je lui en achète un autre, un qui fait moins de bruit. Le dos de mon père n'a pas bougé. Le cellulaire s'éteint. Je replonge dans la noirceur. Je replonge dans le cancer de mon père. Il ne fait pas totalement noir. Il y a un reflet bleu. Un petit reflet bleu dans le coin de sa tumeur.

La calvitie de mon père apparaît à nouveau. Une autre notification de Tinder. Un autre match. Sylvain pogne plus que moi.

3

— M'a te prendre une roue de tracteur.

Damien regarde le client avec une certaine impatience.

— Une roue de tracteur ?

— Ben ouais, là, une roue.

Il pointe le beigne comme si Damien était le pire crétin de la terre.

— Ah, une roussette.

— Ben oui, une roue!

J'aide Damien à assembler sa boîte de beignes, je fais payer le type et je lui donne sa facture. Damien s'approche de mon oreille:

— Dude, j'ai pas besoin de toi...

Je le dévisage et je retourne à ma caisse. Ma pause est juste dans une heure. Il faudrait que je fasse entrer un syndicat ici. À sa caisse, Damien essaie toujours de gérer ça comme il peut. Il semble vivre le plus gros rush de l'histoire. Y'a aucune méthodologie, ce gars-là.

J'entends la voix de Suzanne beugler quelque chose d'incompréhensible derrière moi. J'ai juste reconnu le nom de Damien. Quelqu'un du staff rit, Suzanne a dû faire une blague. Je me retourne, je jette un coup d'œil dans la cuisine. Suzanne foudroie Damien du regard en badigeonnant un bagel de mayonnaise. Suzanne est la vétérane des sandwichs Timatin. Selon la légende, elle aurait été engagée à l'ouverture du Tim. Nous ne sommes que de petits matelots dans son grand navire. Damien a une attitude que je ne supporte pas chez les jeunes hommes: il se croit spécial et unique.

T'es pas spécial, Damien.

Ça fait six mois qu'il travaille ici et il en arrache toujours avec la caisse enregistreuse. Il a raison sur une chose: les clients sont ignobles. Je déteste les gens qui viennent au Tim Hortons. Les premiers temps, j'en ai fait des cauchemars. Je rêvais des commandes que j'avais entendues la veille: «Un café, un lait pas de sucre, un wrap-matin saucisse grillée sans saucisse extra tomate pas trop de sauce chipotle, un BLT sur bagel au fromage avec extra fromage, une boîte de douze Timbits à l'ancienne glacés, non tu t'es trompé, je t'ai demandé à l'ancienne glacés pas à l'ancienne ordinaires, un combo beigne au chocolat avec un bol de chili, un muffin aux bleuets avec un gruau à l'érable, heille t'as oublié mon paquet de cartes à l'achat d'une boisson, j'ai le droit à un paquet de cartes de hockey, je les collectionne, je vais te prendre un thé Orange Pekoe décaféiné, non, là tu m'as donné l'Orange Pekoe normal, je veux le Pekoe décaféiné, une roue de tracteur, oui je vais te prendre une roue de tracteur, tu sais pas c'est quoi une roue de tracteur ? » La file rapetisse peu à peu. Je ne vois pas les gens sortir, ils ont l'air de disparaître. Ça m'apaise. Je prends ma pause dehors, Mégane me saute dessus.

— Come on! Une roue de tracteur, tu sais pas c'est quoi?

Elle dit ça en sortant la langue, les yeux cross side. Je ris. Je tiens un gobelet de café rempli d'eau. Je fais semblant de lui pitcher dessus. Elle grimace et pousse un petit cri.

— Ris pas de lui, y fait un peu pitié.

Meg est la seule personne qui travaille ici et qui me tape pas sur les nerfs. On passe notre pause dans le stationnement. Accoté sur le container bourgogne, je regarde une feuille morte étampée sur l'asphalte. Le Tim Hortons sur Sherbrooke est proche de l'épicerie et de la SAQ. On est au cœur de Montréal-Est, en plein milieu de Pointe-aux-Trembles. Si tu demandes à un résident de Pointo à quelle hauteur est le Tim sur Sherbrooke, il te répondra aussi facilement que si tu lui avais demandé de pointer la lune ou combien font un et un. J'habite dans ce quartier depuis toujours. Je ne croyais pas travailler au Tim Hortons à trente-cinq ans. On ne s'imagine jamais ces jobs-là quand on est petit.

— En même temps, je me demande comment il réussit à pas se faire renvoyer.

— Suzanne aime trop se moquer de lui pour le crisser dehors!

Meg me fait un petit clin d'œil. Je ris. Elle a étudié en cinéma à l'UQAM. Elle a réalisé trois courts métrages. Elle n'aime pas ce qu'elle a fait, elle est en train d'en écrire un autre. L'histoire d'une femme qui tombe amoureuse d'un écureuil au parc Belle-Rive. Je l'encourage, c'est cute, les écureuils.

— Tu trouves pas que Suzanne remplit mal ses fonctions?

Qu'est-ce que tu veux dire?

— Je trouve juste qu'elle a pas une belle vision pour le Tim...

Mégane replace sa casquette. Elle prend l'une de ses mèches de cheveux qu'elle met derrière son oreille.

— Je m'arrangerais premièrement pour valoriser tous mes employés.

— Valoriser... ah, ouais.

— Bah, oui, pour me faire aimer de tout le monde.

— Oh mon dieu, viens-tu de dire ça pour vrai?

Mégane secoue la tête pour me montrer son désaccord et poursuit:

— En tout cas, Damien t'aime pas, ça paraît. Il te regarde

comme quand Tony Montana apprend que Manny couche avec sa petite sœur!

— Ah bon, tu penses? Je l'aide tellement avec sa caisse...

— Justement.

— Wow... j'avais jamais remarqué ça. Quel ingrat.

Elle prend une voix grave et fait semblant de tenir une mitraillette.

— Say hello to my little friend!

Mégane me tire dessus en faisant des détonations de balle de fusil avec sa bouche. Elle prend son rôle au sérieux. Elle me descend dans le stationnement du Tim. Je finis par me tanner.

— Première fois que je vois Al Pacino avec des cheveux mauves... c'est spécial.

Je prends une gorgée d'eau. Elle pouffe de rire en faisant encore des bruits de gun avec sa bouche. Elle se bave dessus sans faire exprès. Je vois un long filet transparent s'étaler sur son chandail brun. Je crache mon eau en éclatant de rire.

— Ouache!

Elle rit aussi, pliée en deux. Son mascara a coulé. Des perles noires se sont formées sur le bord de ses longs cils. Une petite neige commence à nous tomber dessus. Une petite neige de rien. Tellement laide, la casquette brune.

Un long silence s'étire entre nous puis elle se retourne vers moi:

— Ayoye. Ça, c'était drôle.

4

— Kim ! Arrête ! Arrête de japper ! Heille, qu'est-ce j'ai dit ! Kim !

Je suis devant la porte de mon appartement. Le voisin sort avec son petit pug juste quand je rentre du Tim. J'essaie de trouver la bonne clé dans mon trousseau. Le chien me déconcentre, je suis obnubilé par son petit jappement. Je ne trouve pas ma clé.

Je suis brûlé.

Je cogne à ma porte. Je continue de chercher.

C'est clair que la musique est trop forte pis que Guillaume m'entend pas, esti.

— Hein ! Tu travailles au Tim Hortons !

Je me retourne. Mon voisin me sourit. Il lui manque une dent, mon regard se pose sur le trou. On ne s'est jamais vraiment parlé. On se fait toujours un petit signe de tête quand on se croise dans le bloc, mais c'est tout.

Comment il sait que je travaille au Tim ?

Comme s'il lisait dans mes pensées, il pointe ma casquette. Je ne comprends pas sur le coup, puis je réalise que j'ai encore ma calotte brune. Je souris, je me force.

— Ouais, je travaille au Tim.

— Ben voyons, je t'ai jamais vu, j'y vas tout le temps. C'est drôle, ça.

— Haha, ouais, c'est drôle.

Son chien continue d'aboyer. Il me fixe avec ses petits yeux exorbités.

— Kim Kardashian ! Arrête de japper !

Je trouve ma clé et j'ouvre la porte. Du rap fait vibrer tout l'appartement. Mon père est assis dans la cuisine avec son cellulaire dans les mains. Gui est debout devant le micro-ondes, il se fait réchauffer des Bagel Bites. Je ne les vois pas, mais je les sens. Une autre routine. Le rap et les Bagel Bites. J'ai encore mon manteau sur le dos, les mains dans le placard en train de chercher un cintre. Guillaume gueule :

— Louis, as-tu ramené des beignes ?

Osti d'gossant.

— Non, j'ai pas ramené de beignes !

J'entends le bip-bip du micro-ondes se mélanger au flot de paroles de Notorious B.I.G. :

« THEY EYES, LIKE TRUE LIES, KILL'EM AND FLEE THE SCENE ! JUST BRING BACK THE COKE OR THE CREAM ! »

Guillaume hurle :

— Qu'est-ce t'as dit, Louis ? J'ai pas compris !

On doit tellement énerver tout le monde.

Pauvres voisins.

Je vais directement vers le laptop de Gui et je baisse le son de moitié. Sylvain me regarde par-dessus ses petites lunettes et replonge dans l'écran de son cell.

— J'ai dit que j'avais pas ramené de beignes.

— Ah, ouin. C'est poche...

J'enlève mes bottes, j'ouvre mon sac à dos, j'en sors un pot de beurre de pinottes et un pain tout neuf que j'ai achetés au dépanneur. Gui presse le bouton pour ouvrir la porte du micro-ondes. Il prend son assiette, ses petites pizzas fument. Il s'assoit, le bruit de l'assiette contre la table en verre est strident. Je ne me suis jamais habitué à cette table de jardin. Elle a toujours été là. C'est Sylvain qui a eu l'idée de mettre une table de jardin dans la cuisine. Quand on était petits, il répétait tout le temps « Ça met du soleil même en d'dans ! »

Plus tard, j'ai compris que c'était parce qu'on n'avait pas une cenne.

— Gui, ciboire, attention à' table... tu vas la casser un moment donné.

Il rit. Gui est mon meilleur public, même quand je blague pas.

— Comment ça, t'as pas rapporté de beignes ?

— Tu me demandes ça à chaque fois que je reviens de la job, sérieux... Tu connais la réponse : je peux pas ramener tout le temps des beignes !

— Ouin, OK.

J'entends grommeler mon père au bout de la table. Il se mord les lèvres. Il ne faisait pas ça avant, se mordre les lèvres. Il y a tellement de choses qui ont changé. Depuis qu'il a commencé ses traitements, on vit avec une version différente de lui. Son humeur, son attitude, ses goûts, sa manière de me regarder : tout a changé. La musique forte, par exemple. Il n'a jamais eu de patience quand on mettait la musique dans le tapis. Maintenant, il s'en balance comme de l'an quarante. Pire : je pense qu'il aime ça. Évidemment, ça encourage Guillaume à exagérer.

Mon père flâne sur Tinder. Je suis trop loin pour voir son écran, mais c'est sûr que c'est ça. C'est comme avec les pizzas bagels de Guillaume. Je les vois pas, mais je les sens. C'est rendu son obsession.

— À qui t'écris, là?

Il me regarde par-dessus ses lunettes et redescend tout de suite les yeux. Il marmonne quelque chose d'incompréhensible. Gui me regarde avec complicité. Son sourire est énorme, il a la bouche pleine de pizza bagel.

— T'écris à qui?

Je dis ça en me moquant gentiment. Sylvain soupire. Les yeux de Guillaume pétillent.

— Pa', à qui t'écris?

— OK, Louis, c'est pas le temps, là, lâche-moi... ça marche pas, là.

Gui éclate de rire. Il a de la misère à avaler sa bouchée. Le rire de mon frère est contagieux. C'est franc, c'est net, ça décape. J'ai toujours été accro à son rire, j'agis comme un junkie en manque de rire. Dès que j'en ai l'occasion, j'essaie de trouver des niaiseries pour l'entendre glousser.

— Qu'est-ce qu'y a? Qu'est-ce qui marche pas?

— C'est mon cellulaire, là. Ça bogue. J'étais en train d'écrire, pis là ça marche pu... Aide-moi, Guillaume.

Il regarde mon frère avec détresse. Lui aussi ressemble à un petit gars. C'est fascinant et triste en même temps. À une autre époque, il aurait jamais dit : « Aide-moi, Guillaume. » Mon père n'a jamais demandé l'aide de personne. C'était le genre d'homme trop orgueilleux. Le stéréotype du père qui ne démontre aucune faiblesse et qui ne pleure jamais. Depuis qu'il a le cancer, c'est le jour et la nuit. Il pleure souvent. Par moments, j'oublie comment il était avant tout ça. Je dois replonger dans mes souvenirs pour me rappeler son visage avant la chimiothérapie. Chaque fois, je me dis merde, on se réveille un matin et tout a changé. J'avais trouvé Sylvain à plat ventre, inconscient dans la salle de bain sur le plancher froid. Il s'était chié dessus. J'avais appelé l'ambulance. Gui dormait dans sa chambre, la porte fermée. J'ai hurlé en secouant mon père. Guillaume est apparu derrière moi, livide. Il shakait, je shakais aussi. Sylvain a fini par se réveiller, complètement déboussolé. Il s'était fendu l'arcade sourcilière contre le carrelage. Il avait du sang sur tout le côté droit du visage et un œil au beurre noir. Il s'était retourné vers moi :

— Qu'essé qui s'passe icitte ?

J'ai su que notre vie ne serait jamais plus comme avant. Les secours sont arrivés, il a sacré, ils l'ont obligé à monter dans l'ambulance, il a passé une batterie de tests à l'hôpital, tout est allé tellement vite. Le verdict est tombé, on était devant une distributrice dans le corridor. Sylvain m'a annoncé la nouvelle, il m'a pris dans ses bras, j'ai pleuré, j'ai tellement pleuré.

— Guillaume, s'il te plaît, aide-moi.

Gui étire le bras jusqu'au cellulaire de Sylvain. Il l'éteint, le rallume, se fourre une pizza bagel dans la bouche en pitonnant. Mon père attend sans broncher. Je le trouve tout à coup épuisé comme si le simple fait d'avoir tendu son cellulaire à Gui avait grugé toute son énergie.

— Lis pas mes conversations…

Sa voix est faible, il se touche le visage, il fait des va-et-vient avec son index sur son front. Guillaume fixe l'écran du cellulaire. Ses doigts sont soudainement immobiles.

— Guillaume! Lis pas mes conversations!

J'ai jamais été sur Tinder. C'est mon frère qui lui a montré comment ça fonctionne parce que, selon Sylvain, il est bon avec la technologie. Je ne peux pas m'empêcher de trouver ça fascinant, mais un peu ridicule. Mon père avec une tumeur au cerveau qui veut absolument cruiser. Je n'ai jamais vu mon père cruiser. Ma mère est morte quand j'étais très jeune. J'ai de vagues souvenirs d'elle, Guillaume, lui, ne l'a jamais connue. Et, d'aussi loin que je me souvienne, je n'ai jamais vu Sylvain avec une femme. C'est peut-être pour ça qu'il fait tout ça. Pour rattraper le temps perdu. En rendant le cellulaire à mon père, Guillaume sourit exagérément. Il me dit entre deux bouchées de pizza bagel:

— Y parle à Mélanie.

Sylvain fronce les sourcils:

— Tabarnak... Guillaume! T'es pas correct.

Le rire de Guillaume résonne dans toute la cuisine. Je perçois le petit sourire que mon père essaie de cacher. On est trois idiots. Trois idiots dans une cuisine. Je me lève pour me faire un sandwich aux tomates. Sylvain commence à cogner des clous.

— Veux-tu que j't'amène dans ton lit?

Il est 19 h 50. Il fait signe que oui. Je prends mon père par la taille et je l'aide à se mettre debout. Mes gestes sont naturels, je n'y pense plus vraiment. On a établi une sorte de danse étonnante sans jamais s'en parler. Son bras gauche s'agrippe à ma nuque. Sa main droite empoigne mon t-shirt. On avance un pas à la fois. On entre dans sa chambre, on atteint le pied de son lit. Je l'aide à s'allonger.

J'ai le motton. J'ai toujours le motton quand je l'aide à se coucher. Je ferme ses rideaux, j'allume son ventilateur. La lumière bleue apparaît. Sylvain pitonne déjà sur son cellulaire.

— Bonne nuit, Pa'.

— Ouais, bonne nuit, Louis.

Je ferme sa porte. Je l'ouvre à nouveau. Je passe ma tête dans l'embrasure et je dis d'une voix suave :

— Bonne nuit, Mélanie.

— T'es con.

Je m'assois sur mon lit, mon laptop sur les genoux. Je fais jouer un stand-up de Richard Pryor. Ça fait peut-être mille fois que je l'écoute. Je le connais par cœur, je connais chacun de ses mouvements. Je mets mes écouteurs et je suis submergé par l'enthousiasme et les rires dans la salle. Je connais aussi les rires par cœur. J'analyse toutes les expressions de Pryor.

Pourquoi c'est drôle ?

J'ai l'impression qu'il flotte sur scène, chaque blague est calculée, chaque respiration aussi :

— Je suis heureux que vous soyez venus me voir... Surtout que je n'ai rien foutu cette année.

Rires, applaudissements. Il parle des dobermans et des animaux de compagnie. Il raconte qu'il a déjà eu deux singes mais qu'ils sont morts. Il avait deux singes-écureuils.

Je décide d'aller dans la chambre de Guillaume. Il semble surpris de me voir.

— Ouin ?

Je souris, fier de moi.

— Devine quel humoriste j'imite...

Gui se redresse, attentif. Je fais deux pas dans sa chambre et je me concentre sur mon interprétation.

— Avez-vous déjà vu des singes-écureuils ? Le premier s'appelait Friend. Je l'ai appelé comme ça parce que la première fois que j'ai ouvert la cage, il m'a mis son pénis dans l'oreille.

J'imite un singe-écureuil et je fais semblant de chevaucher une oreille.

— Ouin, c'est tout ?

— Ben... ouais.

— Kevin Hart ?

— Non...

Je sors de la chambre de mon frère. L'appartement est plongé dans le noir. J'entends les jappements d'un chien dans la cage d'escalier, je m'approche de la porte et reconnais la voix du voisin :

—Kim ! Kim ! Arrête ! Arrête de japper !

5

Je rêve qu'une grosse Cadillac noire passe près de moi. Elle s'arrête, quelqu'un baisse la fenêtre. C'est Richard Pryor. Il me pointe avec une arme. Il me tire dessus. J'émerge de mon rêve, la bouche sèche, avec un mal de tête. Je me lève, il ne fait pas beau dehors. La lumière dans le corridor de l'appartement est déprimante. Une lumière grise qui s'étire vers un bleu fade. Aux toilettes, je pisse longtemps et je me regarde dans le miroir.

— Câlisse que tu fais dur...

Qu'est-ce que je fous ici ? Pourquoi Nic m'a crissé là ? Pourquoi j'ai pas une job qui a de l'allure ?

« THEN HER BEST FRIEND COULD POTENTIALLY BE NEXT ! »

L'esti.

Je cogne à la porte de Gui. Je hausse le ton pour qu'il puisse m'entendre.

— Gui ! La musique, Gui !

Je vais à la cuisine. Je veux deux toasts, mais il ne reste qu'une seule tranche de pain.

Tabarnak, Guillaume... jamais vu quelqu'un manger autant de pain, c'est une vraie joke.

Je m'installe avec ma toast à la fenêtre de la cuisine. J'habite sur la 24ᵉ Avenue dans l'un des gros immeubles beiges en forme de H. J'ai tellement de voisins que je n'ai jamais croisés. Il y a beaucoup d'enfants. Je sais qu'au premier étage, il y a un dealer qui s'appelle Coco. Ça fait des années que j'habite ici, je ne l'ai jamais vu. Il y a eu des fuites d'eau dans la cuisine. Le proprio a ouvert le plafond deux fois mais il n'est jamais venu repeindre pour cacher les dégâts. Il s'agit probablement du cinq et demie le moins cher sur l'île de Montréal qui n'est pas un HLM.

— C'est quand tu vas aller faire l'épicerie ?

Je sursaute. J'ai pas entendu Gui arriver derrière moi. J'essuie les miettes de pain sur mon pouce.

— Bientôt. J'attends ton dépôt.

Guillaume touche des prestations d'invalidité. Il reçoit un montant qui tourne autour de mille quatre cents piasses par mois. Il fait quasiment autant que moi au Tim.

Une ordonnance de la cour l'oblige à se faire injecter une dose d'Invega Trinza pour lui éviter d'autres psychoses. À l'époque où il fumait beaucoup de pot, il a pété un câble. Il pensait qu'on l'espionnait par les fenêtres de l'appartement et que je complotais contre lui. Il m'a sauté dessus, m'a cassé un doigt pendant que j'essayais de le maintenir sur le plancher du salon. Sylvain a appelé la police. Maintenant, je vais avec lui tous les trois mois à Louis-H. pour m'assurer qu'il prend sa dose.

— Ouin... c'est quand tu vas me donner mon argent?
— Bientôt, Gui, j'attends ton cash.

Je gère les chèques qu'il reçoit, je n'ai pas le choix. Je lui donne une petite allocation par mois. Autrement, il dépenserait tout ça en tatouage. Pour le reste, je le donne à mon père pour le loyer et l'électricité. Sylvain avait un bon emploi en construction, mais il a fait une dépression, il n'a pas travaillé pendant trois ans.

— Louis, peux-tu acheter du pain pis des pizzas bagels?
— Oui, Gui...
— OK, merci.

Il part vers sa chambre, mais revient aussitôt près de la table de jardin.

— Louis... j'aimerais ça qu'on aille voir un show d'humour ensemble.

Il est touchant. Je pense à Sylvain, on ne pourra jamais le laisser seul à la maison.

— Pas bête, on fera ça.

Guillaume est surexcité, il lève les bras en l'air comme s'il avait gagné quelque chose.

— On va rire, Louis!

Gui se retourne avec fierté et s'engouffre dans sa chambre. Une toune de rap explose dans tout l'appartement.

Ouais, Gui, on va rire.

6

Je fais du jogging sur la rue De Montigny. Je regarde ma montre, je suis brûlé.

Ça fait même pas une demi-heure, come on!

Je passe par le boulevard De La Rousselière, je tourne à droite, j'emprunte le trottoir de la rue Notre-Dame. Les voitures passent à une vitesse folle ici. Je cours cinq kilomètres par soir. Je me suis mis à courir depuis l'annonce du cancer de Sylvain.

Il faut que je parte.

Sans toi, ils sont perdus pis tu le sais.

Crisse, je suis pas mère Teresa.

T'es sans cœur.

Ah, ta yeule!

Je me parle tout seul en face du parc-nature de la Pointe-aux-Prairies. Il fait déjà noir. Je ne me suis pas rendu compte que j'étais aussi loin. J'entends du gros beat qui semble provenir du boisé. Je ne vois personne, je n'ose pas m'y aventurer. J'imagine Guillaume tout seul dans le bois devant son laptop.

7

— Louis, y a de la pulpe dans le jus.

Je me réveille en sursaut. Gui est debout à côté de mon lit. Mon cœur bat la chamade. Je suis mêlé, je regarde l'heure : 17 h 37.

Je me suis assoupi sans faire exprès devant mon ordi allumé. Jim Gaffigan fait une drôle de face, j'entends les rires en sourdine. Je regarde Gui, il tient un verre de jus d'orange.

— Hein?

— Ouin, y a de la pulpe dans le jus.

Je me redresse, m'essuie les yeux.

What the fuck la pulpe, qu'est-ce que tu veux que je fasse?

Je me lève, m'étire. Je bâille comme si je n'avais pas dormi depuis mille ans.

— OK, scuse Gui, me suis trompé. La prochaine fois, j'achèterai du jus sans pulpe.

J'ouvre les rideaux en observant Gui du coin de l'œil. Il fait la statue.

Une statue avec un verre de jus plein de pulpe.

Je me trouve drôle, je ricane en mettant mes bas. Guillaume me demande pourquoi je ris tout seul.

— Pour rien.

Gui continue de me fixer. Je sais que sa nouvelle obsession sur la pulpe ne partira pas comme ça. Il va m'en parler jusqu'à ce que je retourne acheter une autre bouteille. Un adulte normal décrocherait rapidement. Mais Guillaume, c'est un grand enfant de deux cent trente-cinq livres pas autonome pour deux cennes. J'ouvre la garde-robe, je prends un chandail.

— Peux-tu aller à l'épicerie aujourd'hui?

J'enfile une manche en roulant des yeux.

— Je suis allé hier. J'irai pas à l'épicerie aujourd'hui, Gui.

Un petit silence.

— C'est vraiment pas bon, du jus avec de la pulpe.

— T'exagères, c'est pas si pire. C'est bon pour la santé... de la bonne pulpe!

Je dis ça en souriant, mais il ne me trouve pas drôle.

— Louis, va acheter du jus normal!

— Gui, t'es capable de finir ce jus-là. Je te promets que je vais acheter le jus sans pulpe la prochaine fois. De toute façon, je dois partir dans pas longtemps, j'ai pas le temps pour ça.

Je passe ma tête dans le trou du chandail. Je sors de ma chambre, Gui me suit avec son verre. Trente-huit tatouages de têtes de mort qui veulent boire du jus sans pulpe.

— Tu vas où?

— Je vais dans une soirée d'humour.

Mon frère me regarde avec un sourcil levé:

— Pourquoi tu t'es mis beau?

Le rire de Sylvain résonne dans la cuisine. Il pitonne sur son téléphone cellulaire devant un bol de gruau. Depuis les traitements, il a tout le temps des nausées. Chaque fois qu'il lui prend un mal de cœur, mon père se pince la bouche comme s'il soufflait sur un gâteau d'anniversaire. Tout ce qu'il réussit à manger aujourd'hui, c'est du gruau. Des fois, il veut manger des doigts de poulet. Je l'avais jamais vu en manger avant son cancer.

— De quoi tu parles? Me suis pas mis beau!

— Ben oui tu t'es mis beau... checke ton chandail.

N'importe quoi.

— Il est ben normal, mon chandail.

— Ben non, c'est ton plus beau chandail, tu t'es mis beau.

Je ne l'écoute plus. Je me verse un verre de jus. Sylvain rit et ajoute:

— C'est vrai que t'es coquet.

La voix de mon père est rauque. Son cou est ridé. Tout son visage s'est affaissé. Les traitements le font vieillir trop vite. Il a tellement perdu de poids. Ses cheveux poivre et sel ont un peu repoussé, on peut voir des cicatrices sur sa tête. Parfois, il me regarde avec des grands yeux de hibou. Son regard est un peu fantomatique, comme s'il y avait un léger voile qui brouillait le haut de son visage. Il porte un chandail très jaune avec un bas de pyjama orange.

— Pis toi avec ton chandail jaune pis tes pantalons, t'essayes-tu de voler la job au soleil?

Je le prends de court, il relève la tête.

— Qu'est-ce qu'y a mon chandail ?

— Rien, rien.

Je bois une gorgée. Guillaume est crampé. Trente-huit têtes de mort rient aux larmes.

— Chus ben là-dedans, c'est mon linge mou.

— C'est ben correct, c'est juste le mou le plus ensoleillé que j'ai jamais vu de ma vie !

Gui est allongé sur le ventre, son dos sautille par intermittence comme s'il avait un immense hoquet. Il a pris le temps de déposer son verre de jus d'orange à côté de lui. Cette image me fait pouffer de rire. Pendant un instant, on ressemble juste à deux beaux niaiseux qui ont cinq ans d'âge mental. Sylvain me regarde comme s'il voulait me poser une question.

— Aide-moi donc à aller aux toilettes à' place de rire de moi...

Sa voix est piteuse. Je cale mon verre de jus, j'aide mon père à se lever. Je sens l'os de son bras sur ma nuque. Il est raide comme une barre de métal. Il m'agrippe comme les bébés singes s'accrochent à leur mère.

C'est vrai que c'est dégueulasse la pulpe.

8

Je descends les marches du métro. Je donne cinquante cennes à Bernard.

— Merci pour ma paye!

Il me fait un clin d'œil. Je lui fais un thumbs up. Je rentre dans l'un des wagons en direction d'Angrignon. Je descends à la station Joliette, je prends la rue Hochelaga, je tourne à gauche sur Davidson, j'arrive au coin d'Ontario. Le bar est vide, il est beaucoup trop tôt. La soirée commence juste dans deux heures. Il y a une femme qui joue à une machine à sous au fond du bar. Elle joue à *Smash the Pig!* J'ai joué qu'une seule fois sur cette machine-là et j'ai pas compris le but. J'étais saoul, je voulais faire rire un gars que je trouvais beau après un show. Ç'a pas marché du tout.

— Qu'est-ce j'te sers?

Bob, le patron, est derrière le comptoir, comme à son habitude. Il me regarde avec son air complètement impassible. Il porte son éternelle chemise blanche, son pantalon noir et son petit tablier de serveur en cuir. Il est grand et mince. Il ressemble à un valet.

C'est sûr qu'il me casse la gueule si j'ose lui dire qu'il ressemble à un valet.

— Une 50 s'te plaît.

Il se retourne vers le frigo, l'air complètement écœuré de la vie. Il ne me reconnaît pas, je lui ai parlé plein de fois et il ne me reconnaît toujours pas.

Incroyable.

Je viens chaque vendredi soir, toujours pour *Homa fait rire.* Je bois une bière, deux bières, trois bières, je vais aux toilettes, je me rassois au bar à côté d'un vieux bonhomme. Il lit le *Journal de Montréal* avec sa grosse bière. Il appelle le patron Bobby, j'oserais jamais faire ça. La femme qui gère les entrées pour la soirée arrive. Elle salue Bob de la main.

— Ça va-tu mieux ?

— Pas pire, Bob, pas pire.

Elle demande au vieux bonhomme s'il reste pour écouter le show ce soir.

— Jamais dans cent ans ! J'haïs les humoristes !

Tout le monde rit de sa déclaration. Elle se retourne vers moi.

— Pis toi, tu restes-tu pour le show ?

Je fouille dans ma poche et je sors un billet de dix. Elle ouvre son sac banane en cuir, prend une liasse de billets, met mon dix dans sa pile, me redonne deux piasses, puis un billet en carton. On y voit une bouche grande ouverte. Une simple bouche dessinée qui s'esclaffe avec des dents et une langue sortie.

Admission 8 $, 21 h tous les vendredis.

Le monde commence à arriver, à s'accaparer les chaises et les tables. Les commandes se multiplient, Bob est dans le jus, mais il le laisse pas paraître. On se ressemble. Toute la gang, c'est fou. Je suis la femme qui boit un gin-tonic près de la scène, je suis l'homme derrière moi qui fait semblant d'écouter son ami.

On se change les idées comme on peut. J'ai même pas regardé le line-up, je m'en fous. La cacophonie est palpable, mais les voix finissent par se dissiper peu à peu dans les bruits des bocks qui s'entrechoquent et les grincements de chaises qui frottent sur le plancher. Une voix retentit au micro. C'est le même gars qui présente et qui met la musique derrière sa console.

— Bonjour et bienvenue à la soirée d'humour de Hochelag'! Il est important de fermer la sonnerie de vos téléphones cellulaires! Textos, photos et vidéos ne seront pas tolérés. Par respect pour les artistes qui sont sur la scène et les gens qui sont assis autour de vous, il est essentiel de ne pas parler. Cela dit, passez une excellente soirée, amusez-vous et bon spectacle! Mesdames et messieurs, faites un tonnerre d'applaudissement pour votre animateur: Mathieu Mallette!

Mallette arrive sur scène comme s'il était le président des États-Unis. On ne peut pas rester indifférent à sa présence. Il dégage une assurance démesurée. En l'espace de trois secondes, il réussit à mettre tout le monde à l'aise. C'est ce que doit faire un animateur: réchauffer la salle et casser la glace pour le premier humoriste invité. Derrière lui, accroché sur le mur du fond, on peut voir la légendaire Monique. Un tableau un peu cheap qui rappelle vaguement le mouvement pop art. On y voit une femme qui fait signe de se taire avec son doigt. On voit juste ses lèvres rouges, son doigt et son menton.

— Bonsoir! ça va bien? Yes, content d'être là, vous avez l'air en forme, une belle énergie dans la salle, très content d'être là, je m'appelle Mathieu Mallette, c'est moi qui anime le show de ce soir. Euh... est-ce qu'il y en a que c'est la première fois qu'y viennent aux Patriotes ? Par applaudissements, des nouveaux, ce soir ?

Les applaudissements fusent de partout.

— Ç'a l'air plus vieux un peu ce soir, y a des gens en complet cravate, c'est un peu capoté.

Un rire général éclate dans la salle.

— Par applaudissements, les dix-huit à trente ans ?

De timides applaudissements résonnent ici et là.

— Trente à quarante ? Bon, à date y a à peu près douze personnes qui ont applaudi.

Un rire général. Un gars assis à côté de moi sent le swing.

— Quarante à cinquante ?

La voix d'un homme retentit dans toute la salle, il crie :

— Yah !

Quelques femmes éclatent de rire.

— OK, nice. Beaucoup de personnes âgées. Je me sens comme un préposé aux bénéficiaires dans un CHSLD.

Je m'étouffe dans ma gorgée de bière.

— Non, mais c'est cool pour vrai, si personne meurt, ça va bien aller !

Les décibels montent d'un cran dans la salle. Le public semble déjà réchauffé et conquis.

Mallette se retourne et explique la présence du tableau derrière lui.

— Donc elle, c'est Monique. Le concept est simple : si vous parlez pendant un numéro et que vous dérangez tout le monde, l'humoriste a le droit de pointer Monique. La première fois, ça veut dire…

Mallette a pas le temps de terminer sa phrase que les

douze habitués se mettent instantanément à gueuler tous en même temps :

— CHUT!

Je viens ici régulièrement depuis deux ans. La première fois, ça m'avait impressionné. Tous ces inconnus qui gueulent à l'unisson et de manière synchronisée avec une bière à la main. J'aime participer aux cris de ralliement. Je suis fier de faire partie de cette petite communauté et de comprendre les codes de la soirée.

— ... Et si un humoriste le pointe une deuxième fois, on dit...

— TA YEULE!

Il y a rien de plus galvanisant que de crier un « ta yeule » bien senti. Ça met la table.

— Donnez une bonne main d'applaudissements à notre premier invité, il commence tout juste, je l'ai vu aller, il est vraiment bon, accueillez chaleureusement Jérémie Gravel!

Les applaudissements durent quelque chose comme dix secondes. Silence complet.

Esti que c'est hard.

Gravel est maigre, il porte une chemise à carreaux verts et blancs. Il est bien peigné.

Il s'est mis une crème dans les cheveux, ils tiennent trop bien.

Il prend quatre secondes pour empoigner le micro et ça paraît une éternité. Il se racle la gorge et sourit. Il n'arrête pas de sourire.

— Ça va bien ?!

Mallette les a bien réchauffés, ils répondent tous en chœur.

— Cool... Fait que... une fois c't'un gars, comprends-tu... Ben non, je commencerai pas une joke de même, ça serait trop poche.

Gravel a un énorme sourire et des yeux proéminents. Un petit rire timide au fond du bar.

Ouch.

Il fait un pas en avant, s'approche du public. La scène est petite, elle ne laisse pas beaucoup de place pour se déplacer, on fait vite le tour.

— Fait que, c'est ça. Le gouvernement est branché sur tous nos téléphones cellulaires. Le gouvernement écoute toutes nos discussions. Le gouvernement est au courant de nos moindres faits et gestes à cause de nos achats en ligne, de nos cartes de crédit, de toutes les caméras de surveillance dans les lieux publics. On est suivi 24 heures sur 24, 7 jours sur 7, tout le temps, constamment, nos réseaux sociaux sont des cartes de visite pour les entreprises, on essaye de nous influencer, de nous vendre des cossins dont on se servira jamais, de nous utiliser à des fins politiques... mais... y'a-tu juste moi qui trouve ça nice de se faire espionner ? Non, sérieux, si vous voulez écouter mes discussions téléphoniques, gâtez-vous.... Tout ce que vous allez apprendre c'est que je rends pas ses Tupperware à ma mère.

Un rire général traverse la salle. Je bois une gorgée de 50 en pensant à sa joke.

Même pas drôle.

Gravel dit quelque chose que j'ai pas compris. Un autre rire général. Une femme pousse des cris aigus, elle tient l'épaule de son chum, elle n'est plus capable de se contrôler. Son rire est contagieux, il redonne en quelque sorte une deuxième vie au gag.

Merde, j'ai pas entendu, je suis trop dans ma tête, esti.

En l'espace de deux minutes, il a conquis le public. Je cale le reste de ma bière. Je fais signe au barman que je veux deux shooters.

— Qu'est-ce tu veux ?

— Vodka.

J'écoute plus du tout Jérémie Gravel.

Fuck you, Jérémie Gravel.

Ça continue de rire. La fille au cri aigu se lâche lousse. Gossante.

Je cale mes deux shooters un à la suite de l'autre. Le reste du numéro est plutôt banal.

— Ça va être tout pour moi ! Merci !

Applaudissements. Mallette retourne sur le stage et reprend le micro. Il a le sourire fendu jusqu'aux oreilles.

Ayoye, y'est fier en plus...

— La prochaine invitée n'a pas la langue dans sa poche, c'est une habituée de la place, vous la connaissez tous, elle a pas besoin de présentation, veuillez accueillir chaleureusement Sophie Tanguay !

Des gens hurlent d'excitation. Je les comprends. Sophie est vraiment bonne. Elle arrache tout chaque fois qu'elle participe à une soirée d'humour. Soudainement, j'ai plus le goût d'être ici. J'ai plus le goût de rire. En même temps, j'ai pas envie de retourner chez nous. La musique d'introduction repart comme chaque fois qu'un nouvel invité entre sur la scène. J'en profite pour laisser vingt piasses sur le bar et je me réfugie aux toilettes. Je reste assis sur le bol pendant au moins une demi-heure. Je sors deux fois de la cabine pour laisser ma place à des gars qui ont besoin de pisser. Je me lave les mains deux fois, je me sèche très lentement les doigts, j'attends d'être seul à nouveau pour retourner sur le bol.

C'est quoi ma vie ? Je suis pathétique.

J'entends encore les rires et les applaudissements en sourdine. Les graffitis sur la porte de la cabine m'invitent à sucer une queue.

Oui, s'il vous plaît.

Fait que, tu sacres-tu ton camp pour t'occuper de ta famille ?

No way.

Esti que t'as une tête de cochon !

Ah, ta yeule.

Je retourne au bar. J'essaie de me faire le plus discret possible. J'envoie la main à Bob, il comprend que je veux une autre bière. Mallette est sur scène, clôture la soirée.

Merci mon dieu, la fin du show.

Ça se termine toujours de la même manière : un rap à saveur humoristique. Mathieu Mallette écrit un différent flow chaque semaine. Ce soir, il parle de beurre de pinottes, d'un politicien conservateur et de l'Action de grâce. Je bois des grandes gorgées de bière. Je suis saoul.

Mallette conclut sur un gag que j'entends pas. Le public rit et applaudit. Il descend du stage et va se réfugier dans la loge avec les autres humoristes.

— Y a-tu quelqu'un ici ?

Je me retourne. C'est Jérémie Gravel. Il pointe le tabouret vide à côté de moi.

— Euh, ah, euh, y a personne.

Il commande un gin-tonic, l'air déprimé. Je le regarde du coin de l'œil en sirotant ma bière. Personne ne vient lui parler, il semble seul. J'hésite, puis je finis par lâcher :

— J'ai aimé ça, ton numéro.

Je suis phoney, je m'écœure.

Il sourit un peu en fixant son drink.

— Ah, merci, man, c'est gentil. Je suis pas super fier de moi... le public était rough. Ç'a pas ri comme je voulais...

— Ta joke de Tupperware est bonne.

Il n'a pas l'air de me croire. Puis, il me dévisage un peu trop longtemps.

— Heille, je te reconnais... t'as déjà joué ici, right ?

Shit, voir qu'il se souvient de ça. C'est gênant.

— Non...

— Oui ! T'avais participé à un open mic ! Je me rappelle de ta joke sur les poissons rouges...

Il y a deux ans, je m'étais inscrit à un open mic. Une fois par mois, un cabaret d'humour autorise n'importe quel wannabe à performer sur scène en fin de soirée. J'avais pratiqué mon numéro durant des semaines pour faire un petit deux minutes.

— Ça fait une décennie, t'as une bonne mémoire. Moi-même, je m'en souviens à peine.

On rit. On boit chacun une gorgée.

Y'est ben nice, Jérémie Gravel.

Je lui demande si c'était sa première fois sur un stage. Il a l'air de le prendre un peu personnel. Je rectifie mon tir :

42

— Je te trouve super à l'aise sur scène et je t'ai jamais vu, c'est pour ça que je dis ça.

— Ah, non, ça fait deux ans que je fais ça à temps plein. Mais c'est la première fois ici.

Jérémie a de beaux yeux verts. Il est désinvolte. Il n'a rien à perdre, il fait juste de l'humour.

On s'embrasse-tu, Jérémie?

Aussitôt que cette pensée me traverse l'esprit, je vois une femme s'approcher de lui, l'embrasser sur la joue. Je quitte le bar. Je marche longtemps, perdu dans mes pensées. J'entre dans la station de métro. Je suis déjà arrivé à la station Honoré-Beaugrand, le trajet semble avoir duré quatre secondes. Je sors, je monte les escaliers, l'application sur mon cellulaire m'indique que le prochain bus arrive dans cinq minutes.

Jérémie t'a menti!

Qu'est-ce que tu me veux?

Tu penses vraiment que t'es drôle parce que t'es monté une seule fois sur un stage pis qu'on a ri de ta blague? Come on, Louis, t'es plus intelligent que ça!

OK, c'est beau, j'ai compris.

Veux-tu que je te dise ce qui va se passer? Tu vas travailler au Tim Hortons toute ta vie!

Ma joke est bonne.

Hein?

Ma joke des poissons rouges. Elle est bonne.

9

— Checke le fantôme ! Checke, yé là !

Guillaume est assis devant son ordinateur. Il pointe son écran avec ses gros doigts. Sa main cache tout.

— Je vois rien.

— Ben oui, checke !

— Je vois rien, Gui...

Depuis deux jours, Guillaume écoute des vidéos de fantômes sur YouTube. Il est tombé sur une chaîne qui s'appelle *Nuke's Top 5*. Un Américain présente des vidéos de gens qui ont vécu des phénomènes étranges. Il termine chaque vidéo en disant :

— Is it real or is it all just an elaborate hoax ? You decide !

Je regarde une vidéo qui s'intitule *5 Scary Ghost Videos That Will HAUNT You !* Guillaume recule les images pour me montrer la séquence où ont voit une adolescente devant sa webcam en train de chanter. Quelques secondes s'écoulent, puis une ombre passe derrière elle. Prise par surprise, elle hurle de panique.

— Mouais... pas sûr que ce soit un fantôme, ça.

— Ouin, je sais pas. Mais ça fait peur.

— Ça m'a juste l'air d'un coup monté. On peut faire une vidéo comme ça si tu veux. Genre, je vais passer derrière toi pendant que t'écoutes ton rap à 6 h du matin. Les gens vont avoir la chienne.

Guillaume pouffe de rire. Sylvain crie de la cuisine :

— Guillaume ! Viens ici deux minutes !

J'imagine que mon père a encore des problèmes avec Tinder. Gui sort de sa chambre. J'observe le fantôme sur pause. L'entité brumeuse sourit de manière macabre.

Y ressemble à Jérémie Gravel qui descend de scène après son numéro d'humour.

Je vais les rejoindre dans la cuisine, plongée dans la pénombre. J'ouvre la lumière. On est en plein milieu de l'après-midi, mais on dirait que c'est la nuit. Mon père a l'air exténué. Je m'assois au bout de la table et je regarde Guillaume essayer de régler son problème.

— Aaah! Ferme ça, Louis, j'ai mal aux yeux!

— T'as mal aux yeux?

— La lumière est trop forte, ferme ça!

Ayoye, c'est un Gremlin ou quoi?

— On voit rien... c'est démoralisant.

Sylvain grommelle quelque chose d'incompréhensible, mais je sais que c'est une plainte. Un chialage murmuré. Chacun de ses mouvements est calculé en fonction de son énergie. Depuis les traitements, il se fatigue tellement rapidement qu'il utilise ses forces de manière hyper stratégique. Prononcer des mots devient un exercice laborieux. Il parle très bien, mais on sent l'effort dans la construction de chaque phrase. Il réfléchit aux mots qu'il va prononcer pour ne pas se répéter. Se laver demande du temps et de l'effort. Rester bien droit sur une chaise dans la cuisine est un minimarathon. Faire le tour du bloc équivaut à escalader El Capitan. Manger, c'est tabou. Guillaume ne lui demande jamais s'il a mangé. C'est toujours moi qui pose des questions et qui passe pour l'emmerdeur. Je l'oblige à avaler des petites portions de repas congelés que je réchauffe au micro-ondes. S'il résiste, je lui fais boire un Ensure devant moi. La fois où je ne l'ai pas surveillé, il n'a pas mangé pendant trois jours.

Une toune de rap explose dans la poche arrière de Gui. Il fait ça une fois de temps en temps, il met une chanson sur son téléphone pendant qu'il vaque à ses occupations. Quand j'entends de la musique lui sortir des pantalons, ça me fait toujours penser à la face du neurochirurgien. Pendant que je parlais au médecin, XXXTentacion hurlait dans la poche de Guillaume. Mon père était comme un épouvantail dans un champ de maïs. Il avait passé une biopsie une semaine avant et attendait les résultats dans la crainte. L'attente avait été longue, anxiogène. Le docteur enlignait des tonnes de mots, je ne retenais rien, je lui faisais répéter, il continuait à parler, il n'arrêtait pas de parler :

— La chimiothérapie de première ligne consiste en comprimés pendant cinq jours consécutifs par mois, ce qui constitue un cycle de traitement. Le nom de l'agent est Temodal. On peut en faire de manière ininterrompue pendant deux ans, mais je dois être honnête avec vous, on dépasse rarement douze cycles...

— C'est quoi douze cycles ?

— Douze cycles équivalent à une année.

Je ne sentais plus mes doigts. Je me rappelle que je ne sentais plus mes doigts. J'étais pris de fourmillements dans les mains.

— Attends, là... mais là... il lui reste pas juste un an à vivre ?

La musique du téléphone de mon frère s'excitait. Je me suis retourné vers lui, un trémolo dans la voix :

— Tabarnak, Guillaume, éteins ça, sacrament, c'est pas le temps!

Mon père a prononcé quelque chose d'inaudible. Je pense que c'est à partir de ce moment-là qu'il a commencé à murmurer. Il m'a répété sa phrase en fixant le bureau:

— Arrête, c'est pas sa faute, Louis.

Le neurochirurgien a poursuivi:

— Votre père est atteint d'un glioblastome... c'est une tumeur au cerveau très agressive qui...

Je lui ai coupé la parole:

— J'en connais plein d'histoires de cancers qui guérissent, si mon père suit les traitements comme il faut, y a des chances de vivre encore plusieurs années, non?

Le médecin m'a fixé comme si j'étais un petit pitou qui ne comprend pas les ordres qu'on lui donne.

— En fait, le traitement de première intention utilisé dans la majorité des tumeurs cérébrales malignes consiste en une combinaison de chimiothérapie, comme je vous le disais, et de radiothérapie. Les deux modalités sont administrées...

Ayoye, réponds-moi, tabarnak, arrête avec ton charabia.

— ... en concomitance, la radiothérapie dure six semaines et votre père devra prendre du Temodal quotidiennement avec sa radiothérapie à petites doses. Après six semaines, il fera une pause d'un mois. Après quoi, une IRM sera effectuée pour nous donner une première idée de la réponse au traitement...

J'ai levé le ton:

— Mais vous répondez pas à ma question!

Sylvain m'a pris le bras. Il sanglotait. Il n'osait pas me regarder, il continuait à fixer le bureau du médecin. Je ne l'avais jamais vu comme ça. Mon père me tenait tellement fort que je me suis mis à brailler. Guillaume s'est levé de sa chaise pour m'enlacer. Il pleurait pas, il était droit comme une barre de fer. Le médecin semblait un peu secoué par mon impatience. Il nous a fixés un petit moment sans rien dire. Il n'avait pas l'air triste. C'est peut-être ça qui m'a fait chier. Il a continué :

— Écoutez, les glioblastomes sont les tumeurs les plus agressives et malheureusement les plus fréquentes. La survie médiane des patients est courte, de l'ordre de douze à seize mois.

Guillaume m'étreignait tellement fort. Je sentais ses bagues s'enfoncer dans ma peau. J'essayais de me ressaisir, mais j'étais pas capable, j'avais de la difficulté à voir et à respirer. Ma main droite était pognée dans le gros manteau de Gui. Mon père a approché sa chaise de la mienne et nous a tenus, Guillaume et moi, comme si on n'était qu'une seule grande personne. Mon frère a fini par brailler aussi.

— Ouin, c'était juste un bogue, ça marche, là...

La voix de Guillaume me ramène dans la pénombre de l'appartement. Guillaume rend le cellulaire à mon père, puis s'approche de moi :

— Aujourd'hui, y parle à Josée.

Sylvain lève ses bras, il les maintient en l'air longtemps avant de dire :

— Ah, ciboire, Guillaume, t'es pas correct !

Mon frère rit. Il me regarde, il cherche mon approbation, mais je suis pas d'humeur. Je lui fais un petit sourire.

— Bon, je vais faire une sieste avant de commencer mon shift.

Gui a l'air déçu.

— Demain, je vais écouter d'autres *Nuke's Top 5* avec toi, K'?

Il est content, il me fait un signe de la tête avec un grand sourire.

Comment on peut sourire autant?

Je réussis à faire une sieste de vingt minutes. J'écoute un podcast d'humour dans mon lit. Un des humoristes invités raconte une anecdote de date qui a mal tourné.

Shit, je vais être en retard à' job.

J'enfile les pantalons et le chandail, je prends la casquette, je me retourne et je vois une ombre passer dans le cadre de ma porte. Je regarde dans le salon et dans la cuisine, il y a personne. Mon père est dans son lit, il dort. Mon frère est sur YouTube avec ses écouteurs.

Is it real or is it all just an elaborate hoax? You decide!

10

— Tu m'écoutes-tu?

Je suis dehors derrière le Tim Hortons. Je fume une cigarette en lisant un texto de Gui qui veut du jus d'orange sans pulpe.

— Euh... Allô?

Mégane me regarde avec un air croche. Elle fait semblant d'être offusquée.

— Scuse-moi... mon frère m'écrit.

— Est-ce qu'il va bien?

J'appuie mon dos sur la porte. Je réfléchis. J'ai pas le temps de répondre que je reçois un second texto. Guillaume m'envoie le lien d'une vidéo paranormale. Je ferme mon téléphone.

— Ouais, si on veut...

Elle me regarde avec des points d'interrogation dans les yeux.

— Ça me tente pas trop d'en parler.

Mégane fait semblant de sortir un fusil accroché à son épaule. Elle prend la même moue qu'Al Pacino quand il tire sur tout ce qui bouge dans le manoir. Sur un ton super sérieux, elle prend l'accent de Tony Montana:

— Dis-moi ce qui se passe, putain, Manny, ou je t'explose la cervelle!

Je ris. Mégane se rapproche, elle s'accote à côté de moi:

— J'niaise. Si tu veux pas en parler, c'est ben correct.

Je regarde le ciel un bon moment. Une mouette passe au-dessus de nous, j'ai peur qu'elle me chie dessus.

— J'ai un père mourant pis un frère schizophrène.

Silence. Un malaise fait du surplace entre elle et moi. Puis, tout à coup, elle se met à s'exciter comme si elle était possédée:

— Heille! Raconte-moi une blague!

— Hein?

— Come on! Tu vas voir plein de shows d'humour, t'as

sûrement une blague à me raconter... ça va nous changer les idées!

Mégane déteste les histoires tristes. Elle ne supporte pas que je lui parle de mon frère ou de mon père.

— Ce serait pas plus à toi de m'en faire une?

— Tu sais que je suis pas drôle... aweille!

Je réfléchis un instant. Elle regarde sa montre :

— Y nous reste cinq minutes de pause. Go, une joke, juste une joke!

Câlisse.

— OK... un gag...

Je fais quelques pas devant moi, puis je dis en me retournant :

— Pourquoi les pêcheurs sont pas gros?

Meg réfléchit, elle n'en a aucune idée.

— Parce qu'ils surveillent leur ligne.

Elle rit pas, mais son sourire est gigantesque.

OK, tu t'échauffais... une autre!

Je grimace en refusant de la tête.

— Y'en est pas question, tu m'as dit de faire une seule blague.

Meg regarde sa montre, elle me montre son bras comme si je pouvais voir l'heure.

— Y nous reste encore du temps. S'il te plaît!

Je réfléchis, je regarde le ciel. La mouette vole toujours au-dessus de nous. Je me retourne vers Meg :

— Comment appelle-t-on un chien qui n'a pas de pattes?

— Je sais pas?

— On l'appelle pas, on va le chercher.

Elle éclate de rire. Je continue :

— C'est l'histoire d'un gars qui a cinq pénis...

Meg a la bouche grande ouverte, elle attend la suite. Je pouffe de rire :

— Ses bobettes lui vont comme un gant !

Elle est pliée est deux.

— Tu connais-tu l'histoire du nombril ?

— Non.

— Bril.

Je l'ai tuée. Elle est couchée par terre. J'essaie de la relever en riant :

— Relève-toi, c'est sale par terre !

Elle ne peut plus respirer.

— Meg, pourquoi y'a pu de mammouths sur terre ? ... Parce qu'y a pu de pappouths !

On rit à cause de la fatigue. Deux employés niaiseux qui rient derrière un Tim Hortons. Mégane crie, elle crie de douleur et de rire.

— Louis, arrête ! Je vais me pisser dessus !

Elle me pousse, ma casquette tombe. Elle essaie de reprendre ses esprits. Soudainement, la porte s'ouvre, c'est Suzanne.

— Pendant que vous vous faites du fun, nous on est dans le jus. Votre pause est finie depuis un boutte !

Sa dernière phrase est autoritaire. Meg me donne ma casquette. La mouette a disparu. Je bredouille des excuses, mais Suzanne est déjà partie. Je me précipite vers la porte parce qu'elle s'ouvre de l'intérieur. Je ne l'attrape pas à temps. Je sonne, mais personne ne vient ouvrir.

11

— C'est peut-être mieux avec les jeans noirs.

Sylvain est accoté sur le réfrigérateur. Il tremble un peu, il semble stressé. Je le suis aussi. Quand mon père m'a annoncé que Martina, une madame rencontrée sur Tinder, allait venir chez nous, je pensais qu'il me niaisait. Je savais pas comment réagir, je ne le sais toujours pas. Je n'ose pas lui poser trop de questions. Guillaume est aussi enthousiaste que Sylvain, il prend ça à cœur. Je trouve ça beau, mais un peu malsain en même temps. Mon frère agit comme s'il s'agissait de sa propre fréquentation. C'est lui qui a habillé papa. Sylvain porte une chemise rose très pâle avec des pantalons blancs.

Wow, les pantalons blancs, c'est affreux, mon dieu.

Je répète ma suggestion pendant que Gui s'acharne à lacer les souliers de Sylvain:

— Sérieux, c'est peut-être mieux avec les jeans noirs.

Gui se retourne, l'air outré:

— Qu'esse tu dis là, c'est beau des pantalons blancs, ça fait chic!

— Chic?

— Ben ouin, c'est chic, du blanc.

Peut-être en 1940.

Guillaume finit par réussir à attacher les plus beaux souliers de Sylvain. On s'assoit tous autour de la table de jardin. Guillaume n'arrête pas de parler. Mon père pose la paume de sa main sur sa poitrine. Je lui demande si ça va.

— Ça va, ça va... j'ai juste mal au cœur, un peu.

Gui continue de parler, il donne des conseils de cruise à Sylvain même s'il n'a jamais eu de blonde de sa vie. Je parle par-dessus Guillaume :

— As-tu pris ton Zofran aujourd'hui ?

Sylvain ne me regarde pas. Il écrit sur son téléphone pendant que Guillaume est lancé dans un long monologue avec lui-même. Je répète ma question :

— Pa', as-tu pris ton Zofran aujourd'hui ?

Sylvain lâche bruyamment son cellulaire sur la table en verre. Il me regarde droit dans les yeux :

— Louis, câlisse, lâche-moi !

Guillaume se tait.

— J'veux juste t'aider.

Sylvain me répond du tac au tac :

— Tu m'aides pas, tu me sermonnes, tu me sermonnes tout le temps, tabarnak ! Crisse-moi patience !

Un silence s'installe dans la cuisine. Le vent pousse une envolée de flocons dans la fenêtre. On dirait des bébés mouettes qui s'écrasent et qui disparaissent contre la vitre. Mon cœur s'emballe.

C'est quoi cette réaction exagérée ?

Il ne m'aurait jamais répondu comme ça avant son cancer. C'est mon père, mais c'est pas la même personne. Je m'entendais mieux avec l'autre version, la vieille version. Guillaume se lève et se verse un verre d'eau. Je finis par lâcher :

— Je te sermonne pas, je veux juste ton bien...

— Laisse-moi gérer mes affaires.

Je réponds doucement :

— C'est bon.

Je prends un Pepsi dans le frigo. Mon père se replonge dans son cellulaire. Gui continue son speech sur la cruise comme si de rien n'était.

— Elle arrive à quelle heure ?

Gui arrête de parler, agacé.

— Qui ça ?

— Ben, la femme Tinder, Martine, je sais pas trop.

Sylvain répond :

— Martina.

Je bois une gorgée de liqueur et je prends la débarbouillette pour essuyer l'eau que Guillaume a mis un peu partout sur le comptoir.

— Scuse, Martina. Elle arrive à quelle heure ?

Sylvain se gratte la joue, impatient.

— Bientôt.

Il nous observe en faisant des allers-retours du regard entre son cellulaire, Guillaume et moi.

— Je veux être tout seul à soir avec elle... je veux pas qu'elle vous voie.

Guillaume me regarde avec surprise.

— Ben là, je veux la voir, moi.

Osti qu'il m'exaspère.

— C'est bon, on va s'en aller, mais... vas-tu être capable de gérer tout ça, je veux dire, je veux pas t'infantiliser, Pa', mais... moi pis Guillaume on doit quand même t'aider à te lever pour te déplacer...

Il ne parle pas. Il réfléchit avec son cellulaire dans la main droite. On dirait un kid perdu dans la rue. Ça me rend triste. Il se mord l'intérieur des joues, il n'est pas en colère. Il donne l'impression de ne pas avoir pensé à tout ça.

Est-ce que Martina est au courant que t'as le cancer?

Sylvain reçoit un message sur son téléphone, ça fait «ding ding». Il me regarde:

— Elle arrive dans dix minutes... Partez, les gars, s'il vous plaît. Je vais me débrouiller.

Je ne sais pas quoi faire, je ne sais pas quoi dire.

Ça n'a pas de sens.

— OK, Pa'.

Je mets mes bottes et mon manteau. Guillaume me suit, il m'imite en silence. J'ouvre la porte, avant d'y aller, je me retourne vers lui:

— Appelle-moi si y a de quoi.

Il me regarde avec ses grands yeux de hibou.

— Barre pas la porte d'entrée!

Dehors, les flocons sont gros comme des mouchoirs. On dirait des mouchoirs fondants. On passe par la voie ferrée démantelée pour déboucher sur le boulevard du Tricentenaire. On marche une quinzaine de minutes avant d'arriver sur Sherbrooke. Guillaume pointe le Tim Hortons de l'autre côté de la rue.

— On vas-tu à ta job?

— No way.

Il rit. On tourne à droite dans le stationnement du Maxi. On continue vers la Belle Province.

— J'te paye de la Belle Pro.

Il est content. Je commande trois hot-dogs moutarde-chou, Guillaume prend une grosse poutine aux saucisses. On s'assoit sur une banquette, on mange face à face en silence. On jase pas beaucoup. Je sais pas trop ce qui le passionne à part le rap, les tatouages et les vidéos de fantômes sur YouTube. Je termine la dernière bouchée de mon hot-dog.

— J'ai pensé que je pourrais avoir un travail.

Je mastique rapidement, surpris par cette annonce.

— Pour vrai ? Crisse, c'est cool, Gui. As-tu réfléchi à ce que t'aimerais faire ?

Gui se gratte nerveusement le côté de la tête. Il gratte la bouche ouverte d'une tête de mort.

— Ouin, je pensais peut-être travailler dans des ascenseurs.

— Genre, un liftier ? Être dans un ascenseur toute la journée pis faire monter pis descendre des gens ?

— Ouin, non, c'est pas ça.

— Je t'imagine bien avec une petite moustache pis un chapeau de maître d'hôtel.

Il lâche sa fourchette en plastique, trop crampé :

— T'es cave. Non, je veux dire, mécanicien pour les ascenseurs. C'est ben payant.

Je m'essuie les mains et la bouche avec une napkin :

— Pour ça, il faut un diplôme d'études secondaires, non ?

Il me répond, un peu agacé :

— Non, pas besoin.

— Ah, ben, c'est cool. Je t'encourage à le faire, si ça te tente.

J'observe une tache de moutarde en plein milieu de mon cabaret. Je pense à toutes les fois où mon frère m'a partagé ses envies de retourner à l'école ou de se trouver un travail. J'attends qu'il ait terminé sa poutine. Je me lève, mets mon manteau :

— Ça te tente-tu qu'on aille se chercher des Puffs ?

Gui a l'air d'avoir le bide plein, mais s'exclame quand même haut et fort :

— Oh shit, oui !

On traverse le stationnement et on entre dans le Mr. Puffs. Je commande une boîte de douze. Six Puffs au caramel salé et six Puffs au chocolat noisette.

— Ouin, c'est pas mieux des Timbits ?

— C'est dégueulasse des Timbits.

On rit. On regarde l'employé s'appliquer à beurrer de garniture nos petites boules de pâte frite. Mon téléphone sonne.

Ah non, câlisse, qu'est-ce qui se passe ?

— Allô ?

— Allô ? Qui parle ?

Je ne reconnais pas la voix. C'est pas mon père, mais c'est son numéro.

— Ben... c'est moi, Louis. À qui je parle ?

— Désolé de vous déranger... je m'appelle Martina. Votre père est aux toilettes, il est très malade. Je savais pas quoi faire. Il m'a demandé de vous appeler... je sais pas quoi faire, j'aime pas ça.

— J'arrive dans dix minutes.

Je me retourne vers Gui :

— Pa' est malade... y va pas bien. Faut y aller, fuck les Puffs.

— Ben là, ils vont être prêts dans deux minutes.

— Gui, on s'en fout... viens avec moi.

— Une minute, Louis!

Câlisse, c'est un cauchemar.

— OK, rejoins-moi à' maison.

Je traverse le stationnement à la course. Sur Tricentenaire, je m'arrête à mi-chemin, j'ai les yeux qui coulent à cause du froid. Je cours, traverse sur une rouge. Un char que je n'ai pas vu me klaxonne, il passe près de moi. Je ne le regarde même pas, j'entends seulement:

— Esti de moron!

Mes jeans sont mouillés bord en bord. J'arrive chez moi, la porte n'est pas barrée, je ne vois personne.

— Allô? Allô!

Mes bottes mouillées font des traces sur le plancher du salon et de la cuisine. Je rentre dans la toilette.

— Pa'! Pa'! T'es-tu correct, Pa'?

Sylvain est allongé sur le plancher froid de la salle de bain. Il y a du vomi partout. En m'approchant, je remarque une énorme tache brune sur ses pantalons blancs. Mon cœur bat fort, je ne sais pas quoi faire ni par où commencer.

— Pa'! Tu m'entends-tu? Parle-moi!

Il gémit, les yeux fermés, mais il me fait un signe de la main. Je lui demande où est Martina. Il m'annonce qu'elle est partie.

— Ben voyons, elle est ben conne!

Je me mets à genoux dans le vomi, j'approche la tête près de l'épaule gauche de mon père, je lui demande de mettre son bras autour de moi. Je l'aide à se relever et l'assois sur le bol.

— J'appelle une ambulance.

— Non... fais pas ça!

— Je pensais que t'étais mort.

— Non, Louis, s'il te plaît, pas d'ambulance!

— Pa'... y a du vomi partout. Tu t'es chié dessus... c'est pas normal là, come on, ils vont s'occuper de toi!

— Appelle pas d'ambulance, Louis, je t'en supplie, je veux pas, Louis, je veux pas, je veux pas d'ambulance, Louis...

Sylvain pleure à chaudes larmes. Son visage est crispé. Je ne vois plus ses yeux. Il grimace en se tenant la tête à deux mains. Je m'accroupis près de lui, le serre dans mes bras. Je pleure aussi.

— J'veux pas que tu meures, Pa', j'veux pas que tu meures, s'te plaît.

Je ne reconnais plus ma voix, j'ai l'impression de la perdre. Mon père m'enlace à son tour dans ses longs bras squelettiques. Il me chuchote à l'oreille :

— Chu pas mort, chu là, Louis...

On reste comme ça de longues secondes. Les minutes sont suspendues dans une minuscule toilette puante. Pourtant, je veux n'être nulle part ailleurs. Je veux être avec mon père. Si c'est le prix à payer pour qu'il reste vivant, je resterai avec lui dans sa marde.

Je t'aime.

Je ne suis pas capable de lui dire que je l'aime.

Je t'aime, Pa'.

Guillaume apparaît dans le cadre de porte avec une boîte en carton de chez Mr. Puffs. Il n'a pas l'air de comprendre ce qui se passe.

— Faut que tu m'aides, Gui. Faut laver Pa'. Faut nettoyer la toilette. Faut...

Gui dépose la boîte sur le comptoir. Il enlève son manteau de cuir et s'engouffre dans la puanteur de la salle de bain. Il déshabille Sylvain, met le linge souillé en boule près du bol. Il fait couler l'eau de la douche et nettoie méticuleusement tout le corps de notre paternel. Je tiens le bassin pendant que mon frère lave la craque de fesses et les parties génitales de Sylvain avec un gant en tissu éponge. Je ramasse tous les excréments et le vomi avec une pile de serviettes. Je lave le plancher avec de l'eau et du savon à vaisselle. On habille notre père dans l'un de ses pyjamas trop colorés, on le couche dans sa chambre. Je ferme la porte, mais je l'entends m'appeler. Son visage est illuminé par sa petite lumière bleue.

— Louis... pourrais-tu... pourrais-tu m'apporter une pilule de Zofran avec un verre d'eau?

— Oui, Pa'...

Guillaume m'intercepte dans le corridor:

— Veux-tu des Puffs? Y'en reste trois au chocolat.

12

Norm Macdonald regarde l'audience avec sérieux. Il lève les mains en l'air et demande: «Est-ce que vous pensez que ce serait drôle comme blague d'écrire une lettre d'adieu où vous rejetez la faute sur n'importe qui?» Rire dans la salle. Norm fait un petit sourire. Je mets le show sur pause et je ferme les yeux en essayant de me souvenir du gag.

— Votre... votre coiffeur par exemple, un gars comme ça...

Une femme à la première rangée secoue la tête en pensant à cette idée affreuse tout en riant. Je n'oublie jamais cette femme, je ne sais pas pourquoi.

Pis là... c'est quoi déjà... ah oui :

— Je pourrais commencer ma lettre par : « C'est la faute à Ralph Abernathy ! »

Je redémarre le spectacle, Norm se remet en mouvement. Je me suis pas trompé.

Dix sur dix...

« Parce que là, vous savez que la police devra aller au salon de coiffure d'Abernathy pour lui dire : "Connaissez-vous un certain Norm Macdonald ?" et lui dirait : "Oui, il venait se faire coiffer tous les deux mois." Et la police dirait : "Ah, d'accord, bref, il s'est suicidé à cause de vous." »

Il y a des phrases qui peuvent être drôles uniquement dans la bouche de certaines personnes.

Je vais voir Sylvain. Il est dans son lit depuis deux jours. Je le gave d'Ensure. Je passe devant la chambre de Gui. Sa porte est fermée. J'entends un drôle de bruit, je colle mon oreille à la porte. J'entends une femme qui crie, elle jouit. Gui est en train de se masturber. Il écoute de la porno avec ses écouteurs, mais le son est tellement fort que j'entends la scène : « Put your fingers, right here, yes that's it, that's it ! »

Je vais à la cuisine. J'ouvre le frigo, il est vide. Plus vide que ça, tu meurs. J'ouvre un tiroir, je prends un papier et un crayon. J'écris :

Pain

Beurre

Lait

Pâtes

Jus d'orange sans pulpe

Put your fingers right here

Put your fingers in Abernathy's asshole.

13

Je suis au bar. Nicolas C'est Le Démon m'écrit : « Peux-tu arrêter de me texter ? Ça fait sept mois. »

Je commande deux shooters de vodka. J'envoie un cœur noir à mon ex et je range mon cellulaire. Le bar est plein à craquer. L'animateur présente le troisième et dernier humoriste de la soirée : mon beau Jérémie-Gravel-que-j'aimerais-embrasser. Jérémie se présente au micro, il porte une chemise de chasse, il s'est pas rasé depuis un bon moment. Je nous imagine tout nus dans un chalet, Jérémie me mettrait des fraises dans la bouche. Jérémie prend le micro et envoie la main :

— Salut ! Salut !

Salut, mon beau chum.

Jérémie attend les applaudissements de politesse et commence sans perdre une seule seconde :

— Qu'est-ce qu'on faisait avant Google Maps pour trouver notre chemin, sérieux? Quels temps obscurs.

Un gars trop saoul se met à rire. Il a une grosse barbe et une casquette des Mets de New York.

— Est-ce que vous réalisez qu'il fallait acheter une carte routière? Je sais même pas où on achète ça, une carte routière...

Petite pause. Jérémie nous fait un sourire, il a toute notre attention.

— Encore là, une carte routière... man, c'est assez approximatif. Je l'ai testée une fois pis, OK, j'ai fini par arriver à Lévis... mais je cherchais juste une pizzeria dans le Mile-End.

Petit rire discret dans la salle. Pour l'encourager, je ris un peu plus fort. Jérémie me sourit.

— On envoie des textos... on peut envoyer combien de textos par année? 10 000, genre? *Salut ça va* on l'écrit au moins 8000 fois par année. Ajoute à ça 2000 bonhommes avec la langue sortie...

Rire général.

— Quoi? Je suis le seul qui utilise encore le bonhomme avec la langue sortie? Ça m'étonne... Heille, dire qu'au Moyen-Âge, y avait des messagers! Est-ce que tu réalises? Un gars faisait des semaines de route sur le dos d'un cheval pour aller porter un message! Le pire, c'est que ça arrivait que les messagers meurent en chemin! Genre, ils se faisaient attaquer pis tuer par des bandits. Ça arrivait qu'ils se fassent tuer avec une flèche dans le cou en tenant leur petit message à la main... c'est intense! Pis aujourd'hui, on envoie des bonhommes avec des langues sorties.

Jérémie imite un cadavre avec la langue sortie.

Très bonne blague, mon beau Jérémie. Quand est-ce qu'on frenche?

C'est unanime, Jérémie est drôle. Il semble fier de lui derrière le micro. Il regarde au sol. Il réfléchit à sa prochaine blague, il veut enfoncer le clou.

Moi, à ta place, je serais parti maintenant! Va-t'en, Jérémie!

— Ça, c'est sans parler des séchoirs à cheveux...

Les rires s'atténuent dans le bar. Quelqu'un s'esclaffe encore une minute plus tard de la blague des bonhommes avec la langue sortie.

— J'ai jamais rencontré un gars qui s'est acheté un séchoir à cheveux. Non, sérieux, jamais...

Deux hommes rient au fond du bar.

Je me suis déjà acheté un séchoir, mais en tout cas, OK, c'est beau, continue, Jérémie!

— C'est impensable d'imaginer mon coloc entrer dans l'appartement avec un séchoir à cheveux qu'il vient d'acheter à la pharmacie.

Rire général.

Je ne suis pas le public cible, mais c'est vrai que c'est un peu drôle.

— Sérieux, si mon coloc arrive avec un séchoir à cheveux, je me gênerai pas pour lui dire: «Dude, est-ce que t'es pressé tant que ça? Se sécher les cheveux à' mitaine, c'est pas assez vite pour toi? Qu'est-ce qui se passe?»

Les gens rient fort. C'est pas si drôle que ça, mais ils sont saouls. Ils ont tous l'air d'avoir chaud, ils ont la face rouge. Jérémie quitte la scène sous les applaudissements de la foule. Je regarde ma conversation avec Nicolas C'est Le Démon. Il n'a pas répondu à mon cœur noir. Guillaume ne m'a pas texté non plus, donc papa est toujours vivant.

14

Sylvain a fini de boire son Ensure au chocolat. Il envoie un message à une autre madame sur Tinder. Je ne me mêle plus de sa vie. Malgré l'épisode des toilettes, je n'ai pas le courage de l'empêcher de rencontrer d'autres femmes. Une fois de temps en temps, il rigole devant son cellulaire et ça me fait du bien de le voir comme ça. C'est la seule chose qui le fait sourire dans sa journée. Soudain, j'entends Guillaume crier dans sa chambre. Je me précipite. Il écoute une vidéo de *Nuke's Top 5*. Je vois une face blanche avec de grands yeux sur l'écran de l'ordinateur.

Au moins, il n'est pas en train de se masturber.

Guillaume baisse ses écouteurs:

— Louis, viens voir ça, il fout tellement la chienne, ce fantôme-là!

J'entre dans sa chambre.

— C'est toi qui m'as foutu la chienne, gueule pas comme ça!

Guillaume m'oblige à m'asseoir sur sa chaise d'ordinateur. Il repart la vidéo depuis le début. Un explorateur urbain se promène dans une maison abandonnée en

Chine. L'homme qui tient la caméra passe devant un miroir. On y voit une femme avec de longs cheveux noirs derrière son épaule. Elle le fixe avec des yeux exorbités. Guillaume est surexcité.

— C'est fouuu!

— C'est évident que c'est arrangé. C'est clairement une de ses amies.

Guillaume me regarde avec surprise.

— Impossible! C'est un fantôme!

— Gui, elle est déguisée. C'est sûr qu'il la connaît.

— As-tu vu sa face? Elle fout la chienne!

— Oui, elle s'est maquillée.

Sylvain crie.

Câlisse, qu'est-ce qui se passe?

Je me précipite dans la cuisine.

— J'ai une autre date!

Fuck.

Je fais comme si je ne comprenais pas.

— Une autre date?

— Ouais! Une date avec Fabienne!

Il brandit son poing comme s'il avait gagné un prix. Mon père remarque mon regard, il baisse la tête et recommence à écrire à Fabienne.

— Ça va bien se passer, c'te fois-ci.

Je m'assois en face de lui. Gui se plante debout derrière moi.

— Ah ouais?

Mon père continue à pitonner, il n'ose pas me regarder.

— Ouais.

Il lève ses yeux vers nous.

— Vous allez rester ici.

Je suis surpris.

— Tu veux qu'on reste avec toi pour ta date?

Guillaume s'exclame, les bras en l'air:

— Yes, Pa'! Tu vas voir, ça va bien se passer, je vais être là!

Sylvain fronce les sourcils. Il secoue la tête comme pour signifier à Guillaume qu'il n'a rien compris.

— Nenon... vous allez être dans vos chambres.

Guillaume fait la moue.

— Ben là, Pa'! T'as besoin de moi sur ce coup-là!

Oh mon dieu, ce gars-là me fait capoter.

Je change de sujet:

— Quand est-ce qu'elle vient, Fabienne?

Mon père hésite à me répondre.

— Pa', elle vient quand?

Il dépose son cellulaire sur la table.

— Demain soir.

What the fuck?

— Je travaille demain soir!

Le son d'un message résonne dans la cuisine. Sylvain sourit en reprenant son cellulaire. Il répond à Fabienne.

— Guillaume va être ici, ça va être correct.

Je regarde Guillaume du coin de l'œil. Il est fier.

— Tu peux pas faire ça après-demain?

Guillaume est vexé.

— Je suis capable de m'occuper de la date de Pa'!

Qu'essé qu'y dit là?

— Impossible, Fabienne peut juste demain soir.

J'imagine les scénarios les plus catastrophiques qui

peuvent se produire. Sylvain fait un arrêt cardiaque dans la cuisine, Fabienne s'enfuit en volant notre micro-ondes pendant que Guillaume se masturbe dans sa chambre. Fabienne tue Sylvain et ensuite tue Guillaume qui écoute un vidéo de fantômes sur internet puis vole notre micro-ondes. Fabienne brise le cœur de mon père pendant que Guillaume fait une sieste.

— Louis!

Sylvain me regarde en plissant les sourcils.

— Ça va être correct, Louis.

Guillaume étale des Bagel Bites dans une assiette qu'il met au micro-ondes.

— Elle existe, Louis!

— Hein?

— La femme-fantôme. C'est pas truqué, Louis. Elle existe!

15

Suzanne est dans le cul de tous les employés depuis une heure. Elle analyse tout ce qu'on fait et je n'ai pas la tête à ça. Chaque fois que j'en ai l'occasion, je regarde mon cellulaire pour voir si Guillaume ne m'a pas écrit. Mégane est à la caisse, elle a remarqué que je ne suis pas dans mon état normal. Suzanne s'approche très près de moi et me chuchote avec condescendance :

— Va falloir que t'ailles plus vite que ça, mon loup, sinon on n'y arrivera pas...

Crisse, je suis pas Damien.

J'essaie de mettre les bouchées doubles pour finir de monter un sandwich. Suzanne regarde ce que je fais avec attention. J'empile la salade, les tomates et le bacon. J'emballe ma création, mais Suzanne me demande de me tasser. Elle défait mon sandwich et ajoute une tranche de fromage. Son vernis à ongles bleu et ses bagues plaquées or vont vite et bougent avec précision. Elle bouillonne.

— Il faut que tu lises les commandes, Louis... tu t'appliques pas, ç'a pas de maudit bon sens.

Elle me le tend.

Garde-le donc, ton esti de sandwich! Je l'ai fait mille fois ce sandwich-là, c'est quoi ton problème?

Mégane vient me murmurer à l'oreille:

—Peux-tu me remplacer? Je dois aller faire pipi...

Je me plante devant la caisse enregistreuse pour servir une cliente, puis un autre client: «Un cappuccino glacé mais remplace le lait par de la crème, pas trop de crème, je vais payer avec ma carte Tim, j'ai encore des points sur ma carte Tim, t'es sûr que j'ai pu de point sur ma carte Tim, ben voyons donc, regarde comme il faut, c'est sûr qu'il m'en reste au moins deux, trois biscuits au chocolat blanc et noix de macadamia, six biscuits red velvet, un biscuit à l'avoine, un biscuit aux raisins, un autre aux épices, il t'en reste-tu aux épices, un yogourt aux fruits des champs, un muffin anglais, cinq galettes de pommes de terre, un moyen café noir, je t'ai demandé un moyen pas un petit.»

Mégane finit par revenir, c'est à mon tour d'aller aux toilettes. Suzanne me suit des yeux. Je sens le poids de son regard comme un orage violent. Je vais directement à la salle de bain des employés. Je sors mon cellulaire de ma poche. Je n'ai toujours pas de message.

Tabarnak, c'est pas compliqué d'envoyer un texto, come on!

J'appelle Guillaume. Il ne répond pas. J'appelle Sylvain. Aucune réponse. J'imagine le pire : Fabienne a assomé mon père et se fait des Bagel Bites au micro-ondes. Je reste planté là une vingtaine de minutes à espérer des nouvelles. Ça cogne à la porte, j'entends la voix de Suzanne.

— Non mais, c'est une joke là? Tu me niaises, Louis, c'est ça?

Elle perd patience.

— Heille! Louis!

J'aimerais proposer à Suzanne d'aller chez moi pour regarder si mon père fait bien ça avec Fabienne. Je pourrais faire tous les sandwichs au fromage qu'elle veut avec l'esprit tranquille.

— Peux-tu me répondre, Louis?

Je me regarde dans le miroir. Je suis blanc. J'ai les yeux rouges.

Je suis brûlé.

— Louis! Tu mets tout le monde dans' marde, là!

— Scuse-moi, Suzanne, j'ai mal au ventre.

— Mal au ventre?

— Ouais, gros mal de ventre.

Elle ne répond pas. J'ajoute :

— Une bonne diarrhée.

Silence. Je l'entends s'éloigner puis revenir aussitôt.

— Prends le reste de la soirée pis arrive tôt demain, il faut qu'on parle.

— Je travaille demain?

Suzanne ne répond pas, je l'entends s'éloigner en maugréant.

— Suzanne, je suis en congé demain, non?

Elle est vraiment partie.

Fuck.

Je regarde à nouveau mon cellulaire. Un texto de Guillaume. « Fabienne est chaude pis papa pleure. »

Câlisse.

16

La porte est barrée. Je cherche mes clés, Kim Kardashian jappe. J'entre dans l'appartement. J'ôte mes bottes, mais je garde mon manteau.

Il n'y a pas un son.

Gui n'est pas dans sa chambre. Je panique.

— Allô? Vous êtes où?

La porte de la chambre de Sylvain est fermée. Je l'ouvre. Gui est couché sur le dos dans le lit. Sylvain dort à côté de lui. Je ne comprends rien.

— Qu'est-ce qui se passe?

Guillaume se lève dans la pénombre de la chambre. Il me fait signe de ne pas faire de bruit. Il m'amène dans la cuisine.

— Pourquoi t'es couché dans le lit de Pa'? Pis pourquoi toutes les lumières sont fermées?

Gui est sérieux. Il s'assoit.

— Pa' avait mal à la tête.

Je m'assois à côté de mon frère. J'attends la suite. Gui voit que je m'impatiente avec mon manteau sur le dos.

— Fabienne, c'est vraiment une belle femme, Louis.

Je roule des yeux.

— Gui, je m'en fous, dis-moi juste ce qui s'est passé.

Gui se gratte la tête.

— Ouin... dès que Fabienne est arrivée, elle a passé un commentaire sur les pantalons de Pa'.

Je regarde Gui dans les yeux. J'attends la suite, mais elle ne vient pas.

— Pourquoi elle a ri de ses pantalons?

Guillaume hésite à m'en parler puis crache le morceau.

— Il a remis ses pantalons blancs pis... y'a eu une fuite...

— Une fuite?

— Il s'est pissé dessus un peu...

Câlisse.

— Pourquoi y'a remis ses pantalons blancs?

Guillaume est surpris.

— C'est super beau... ça fait chic.

Oh my god.

— Pis là, comment ça s'est fini?

— Pa' lui a demandé de partir.

— C'est tout ?

— Ben... il lui a dit qu'elle ressemblait à Sean Penn.

J'attends qu'il me dise qu'il me niaise depuis le début. J'attends qu'une caméra sorte du frigo pour m'annoncer que c'est une blague orchestrée par toute ma famille. Silence. Aucune caméra ne sort de nulle part.

— What the fuck Sean Penn ? Pourquoi ?

Guillaume prend le temps de réfléchir à sa réponse.

— Son nez.

Ayoye, OK, j'ai envie de partir très loin d'ici.

Gui se lève, va dans l'armoire, sort un verre. Il ouvre le réfrigérateur, se verse un verre de jus d'orange sans pulpe.

— Elle l'a vraiment pas trouvée drôle...

— Dude, je la comprends... Sean Penn. Tu voulais qu'elle réagisse comment ?

Guillaume boit une gorgée de jus en fixant le mur.

— Pa' mérite pas de se faire traiter de même.

— Gui... tu réalises-tu ce que tu dis ? Pis elle dans tout ça ?

Guillaume dépose son verre.

— T'as pas vu ses yeux, Louis.

— Hein ?

— Les yeux de Pa'. Ils étaient pas comme d'habitude... je pense qu'il a eu une bulle au cerveau... il voulait fermer toutes les lumières avant que Fabienne arrive, mais j'y ai dit : «Pa', Fabienne verra rien quand elle va entrer dans l'appart... elle va avoir peur, tu peux pas faire ça».

J'ai chaud. Je réalise que j'ai encore mon manteau sur le dos mais je ne suis pas capable de bouger.

— Quand elle est partie, y'a tellement braillé... il m'a demandé de l'amener dans sa chambre pis de m'étendre à côté de lui. Il shakait comme une feuille.

Gui a les yeux pleins d'eau. Sa lèvre tremble un peu. Il a vieilli de vingt ans en une seconde. Je me lève pour le serrer dans mes bras. Ses larmes se mélangent à l'eau des flocons sur mon manteau. Du coin de l'œil, je vois les pantalons blancs en boule sur le plancher de la cuisine. Ils ressemblent à un petit banc de neige qui ne fond pas.

17

Le bureau de Suzanne est minuscule. C'est la première fois que je la vois sans la casquette du Tim. Elle a les cheveux détachés et je réalise qu'ils sont très longs. Je ne pensais pas qu'ils étaient aussi longs. J'ai envie de lui dire qu'elle a de beaux cheveux, mais ce n'est pas le bon moment. Suzanne boit une gorgée de thé dans son thermos. Elle regarde des papiers.

— Ça fait quoi... quatre mois que tu travailles ici?

Elle est distraite. Elle cherche la bonne information.

— Ça fait sept mois aujourd'hui.

Elle me jette un coup d'oeil et continue de fouiller dans ses documents où toutes mes heures sont comptabilisées. Elle dépose ses mains sur son bureau et me regarde droit dans les yeux.

— Tsé, Louis, j'ai rien contre toi.

Mon dieu, j'ai vraiment envie de lui dire qu'elle a de beaux cheveux.

— On a tous nos petits problèmes, ici. Mégane m'a un peu parlé de ce que tu vivais chez toi...

Câlisse, Meg.

— Je veux juste te dire que si tu veux vraiment travailler ici, il va falloir que tu te concentres, Louis. Il va falloir que tu me prouves que tu veux vraiment travailler avec nous.

C'est ça, le problème, ça me tente pas vraiment d'être ici, Suzanne.

C'est comme si elle avait entendu mes pensées.

— Y en a plein d'autres jobs, Louis. Si tu veux avoir la paix, tu peux travailler de nuit comme concierge dans un Walmart ou dans une station-service...

Cette réponse me déstabilise, mais j'essaie de ne pas le laisser paraître. Elle marque une pause et réfléchit.

— Ça me tente pas de passer pour la méchante, parce que je suis pas méchante.

Je le sais, Suzanne.

— Je le sais, Suzanne. J'ai jamais insinué que t'étais méchante non plus.

Suzanne semble satisfaite de ma réponse. Elle attache ses cheveux. Elle a une technique bien à elle pour faire tenir ses longs cheveux dans sa casquette brune.

— Good. C'est tout ce que je voulais te dire, Louis.

Je me retourne et j'ouvre la porte. Avant que je sorte, Suzanne me lance :

— Pis, si tu veux parler... hésite pas.

Je lui souris. Derrière le comptoir, Mégane verse du café dans un grand gobelet. Elle me fait un clin d'œil.

— Viens m'aider à servir les commandes à l'auto, mon beau Louis!

1 à 0 pour Suzanne.

18

Sur la robe de Nikki Glaser, il y a un éclair. Elle détruit tout sur son passage avec ses cheveux blond platine. Chacune de ses blagues est drôle parce que bien calculée. Je tiens mon téléphone cellulaire à l'horizontale. Je suis au parc du Fort-de-Pointe-aux-Trembles, sur une grande balançoire devant le fleuve. Je choisis toujours celle du milieu parce qu'elle ne grince pas.

« Tu dois toujours avoir une excuse pour être sexy. Du style, prendre une photo avec mamie pour Instagram et écrire : *Bon anniversaire, Mamie!* Et tu cales tes seins à côté de la tête de ta mamie en décomposition. »

J'entends quelque chose couiner dans l'arbre au-dessus de ma tête. Je remarque que c'est un écureuil qui crie.

Je savais pas que les écureuils pouvaient crier, il fait ben pitié...

Nikki prend la pause. Elle fait comme si elle prenait un selfie à côté de sa grand-mère :

« À Coachella avec mamie, sous la tente de dialyse.

Et mamie me supplie : "J'ai un mélanome, Stacy, mets-moi à l'ombre. J'ai soif." Et je dis : "Moi aussi, j'ai soif, mamie, mais souris !" »

Je reçois un texto de Guillaume : « Louis, le proprio est là. » Je sors de Netflix. J'appelle mon frère.

— Gui ? De quoi tu parles ?

— Le proprio est là.

— Passe-moi-le... je veux lui parler.

J'arrête de me balancer. Je bouche mon oreille gauche pour mieux entendre.

— Oui, allô ?

— Bonjour... qu'est-ce qui se passe ?

— Un arpenteur-géomètre est icitte pour prendre des mesures.

— Ah, bon. Mais pourquoi ?

— C'est juste que ça devait être faite depuis un boutte.

— OK... mais...

Guillaume a repris son téléphone. Il a l'air inquiet.

— Louis ? C'est-tu correct, Louis ?

Je réfléchis, mon cœur débat.

— Louis ?

Il ne peut pas nous expulser. On a des droits. Mon père est malade. On va lui faire un procès même si on n'a pas une cenne, je sais pas.

— Ça va être correct, Gui. Laisse-les prendre les mesures. J'arrive dans pas long.

Je retourne sur Netflix. Nikki Glaser se remet à bouger dans mon cellulaire. Je n'écoute plus ce qu'elle raconte. Soudain, j'entends du bruit au-dessus de ma tête. Un groupe de bernaches volent ensemble et gueulent chacune leur tour. Je mets mon téléphone dans ma poche, je regarde le fleuve. Il n'y a pas de vagues aujourd'hui. J'entends d'autres cris. Un groupe d'adolescentes arrivent dans le parc. L'une dépose son cellulaire au pied d'un banc. Elles commencent à faire une chorégraphie, elles rigolent. J'imagine qu'elles vont publier ça sur TikTok. Il y aurait sûrement une blague à faire avec ça, mais pour l'instant, rien ne me vient à l'esprit.

19

Sylvain me regarde avec des yeux de petit gars. Je l'aide à mettre ses jeans noirs. Je regarde les rides sur son visage. Il a encore maigri. Ses yeux sont encore plus gros dans ses lunettes. Drake chante dans la pièce d'à côté :

— KIKI, DO YOU LOVE ME? ARE YOU RIDING? SAY YOU'LL NEVER EVER LEAVE FROM BESIDE ME! 'CAUSE I WANT YA, AND I NEED YA!

Le téléphone de Sylvain sonne sur sa table de chevet.

— C'est elle, donne-moi le cell, Louis!

Je m'étire le bras pour lui tendre le cellulaire.

— Allô? Oui, c'est Sylvain. Comment tu vas, Carole?

Je sors de la chambre en prenant soin de fermer la porte derrière moi. Guillaume est dans la cuisine, il mange des Bagel Bites à 9 h le matin. Il a la bouche pleine.

— Pourquoi tu fermes la porte?

— Il parle à Carole.

— Ah ouin ?

Je me sers des Mini-Wheats avec du lait. Je m'assois à côté de lui. On mange en silence. Je réfléchis. Je repense à mon père une semaine plus tôt. Il avait l'air tellement déprimé. Mon frère et moi, on a décidé de l'aider à chercher quelqu'un d'autre sur Tinder. C'était la seule chose qu'il souhaitait, c'était la seule chose qui le rendait un peu heureux. On a trouvé Carole. Guillaume a vraiment insisté pour choisir une femme qui n'avait pas le même nez que Sean Penn.

— On s'en fout de son nez, Gui... faut juste qu'elle aime papa !

J'ai écrit pour mon père sous sa supervision. On a essayé la tactique de l'honnêteté et, pour le moment, ça semble marcher. On a avoué d'emblée à Carole que Sylvain avait un cancer et qu'il voulait juste une amie à qui parler. Mon père a insisté pour nous dire qu'il voulait trouver l'amour et j'ai répondu :

— L'amour attendra, Pa'. Pour commencer, tu vas te faire une amie, OK ?

Il a acquiescé comme un bambin. On n'a plus eu de nouvelles d'elle pendant vingt-quatre heures puis, soudainement, elle a réécrit à mon père et, depuis ce temps, ils s'appellent chaque jour.

J'entends mon père crier dans sa chambre. Je fais le saut. On accourt, sûrs qu'il fait une crise cardiaque. Il a les deux bras dans les airs. Il sourit. Je ne l'ai jamais vu sourire comme ça.

— Elle veut venir ici. Carole veut venir ici !

Je n'en reviens pas. Guillaume hurle de joie. Il saute sur le matelas de Sylvain. Je ris nerveusement, j'ai peur que Gui pète la base de lit.

20

— Lave-toi la craque, Pa' !

Guillaume est dans le couloir devant une porte barrée. Sylvain est dans la salle de bain, il prend sa douche tout seul. On lui a proposé de le laver, comme on fait d'habitude. Mais il a refusé. Il aurait sauvé tellement d'énergie s'il avait accepté. C'est le genre de chose qui pourrait le mettre K.O. pour le reste de la journée. Guillaume ne comprend toujours pas, il semble nerveux.

— Louis, pourquoi y veut pas qu'on l'aide ?

Je bois une gorgée de café.

Sylvain veut peut-être juste vivre une journée normale. Il veut se laver tout seul et il veut qu'une femme l'aime.

Guillaume fait les cent pas de la cuisine au salon. Chaque fois qu'il passe devant la salle de bain, il colle son oreille à la porte pour s'assurer que Sylvain n'a pas glissé.

— Gui... fais-y confiance.

Guillaume secoue la tête. Il n'en revient pas de ne pas pouvoir laver Sylvain le jour où Carole vient nous rencontrer. Puis, comme s'il venait d'avoir un éclair de génie, il s'approche très près de la porte et crie aussi fort qu'il le peut :

— Lave-toi l'gland !

Guillaume est très concentré. Il répète :

— Pa'! Oublie pas de te laver l'gland !

Je bois une autre gorgée de café.

— Pa'! Tu m'entends-tu? Lave-toi l'gland !

— OK, Gui, c'est beau... je pense qu'il a compris qu'il doit se laver l'gland.

— Ouin, mais il se lave jamais comme du monde.

— Y va le faire, là, t'inquiète pas.

Ça sonne à la porte. Je regarde l'heure.

Shit, elle est ben trop en avance !

Guillaume a les yeux grands comme des deux piasses.

— Qu'est-ce qu'on fait ? Il est encore dans la douche !

Je vais à la porte. Je regarde dans l'œil magique.

— C'est elle.

Guillaume crie à mon père que Carole est là. Il crie comme si on était des dealers de drogue et que Sylvain devait jeter à tout prix la coke dans les toilettes avant que la GRC débarque chez nous.

— Calme-toi, Gui, on va lui ouvrir pis je vais m'occuper d'elle. Toi, dès que Pa' débarre la porte, tu l'aides à s'habiller, OK ?

Guillaume hoche la tête. On entend la douche arrêter. J'ouvre la porte. Carole se tient là, toute fière, souriante. Guillaume est à côté de moi. On ne dit rien, on la regarde pantois.

— Est-ce que ça va ?

On fixe Carole, trop heureux et surpris qu'une femme

soit là pour notre père même en sachant qu'il a un glioblastome. Carole rit nerveusement.

— Salut Carole ! Scuse-nous, entre !

Carole enlève son manteau et sa tuque de laine turquoise, il y a des boutons de bois cousus dessus. Guillaume la remarque.

— C'est la plus belle tuque du monde.

Carole rit, elle pense que Gui la niaise, mais il est très sérieux. Guillaume n'est pas capable d'être sarcastique. Carole ne le sait pas encore.

— C'est moi qui l'ai tricotée... je peux t'en tricoter une si tu veux.

Carole fait un petit clin d'œil à Gui. Il répond :

— C'est clair que je veux une tuque. Peux-tu la faire en noir avec des têtes de mort ?

Osti qu'y'a pas d'allure...

Carole est surprise par cette demande, elle balbutie :

— Euh... ben, oui c'est sûr, je peux faire ça.

Je prends le manteau de Carole avec soin. Je le mets sur notre seul cintre en bois en disant :

— Il niaise, Carole, il veut pas de tuque.

Guillaume est offusqué.

— Heille, j'en veux vraiment une... noire avec des têtes de mort, OK, Carole ?

Carole rit en enlevant ses bottes.

— OK, je vais te faire une tuque.

On s'assoit tous les trois au salon. Je demande à Carole si elle veut quelque chose à boire.

— On a de l'eau, du café ou du jus.

Guillaume lève le doigt, comme s'il avait une question.

— Le jus d'orange est sans pulpe. Y'est vraiment bon.

Merci pour cette belle précision, Gui.

Guillaume s'enfonce dans le divan comme un pacha.

— On a du lait aussi.

OK, c'est beau.

Carole sourit en se réchauffant les mains.

— Je vais prendre un petit verre d'eau, s'il te plaît.

Dans la cuisine, j'ouvre le robinet et j'attends que l'eau devienne très froide. C'est long, ça prend au moins trente secondes. Je suis stressé.

Calme-toi, calme-toi... ça va bien se passer.

En revenant avec le verre d'eau, je vois que Sylvain a entrouvert la porte de la salle de bain. Je vois son index sortir de la porte et bouger de haut en bas. Ça veut dire : « Venez m'aider à m'habiller. » Dans le salon, j'entends Guillaume parler des vidéos de *Nuke's Top 5*.

Câlisse, il lui parle de fantômes pis ça fait même pas deux minutes qu'elle est arrivée... c'est foutu, elle va avoir la chienne.

— Y a une vidéo trop épeurante, si tu viens dans ma chambre, je pourrais te la montrer, c'est une face toute blanche qui apparaît derrière l'épaule d'un Écossais...

Je coupe Guillaume.

— Peut-être plus tard, la vidéo, Gui... on va laisser Carole arriver, hein ?

Je fais un petit sourire à Carole.

— D'ailleurs, faudrait que t'ailles aux toilettes, tout de suite.

Guillaume se lève d'un bond et disparaît en fermant la porte derrière lui. Pour faire diversion, je demande à

Carole ce qu'elle fait dans la vie.

— Je suis à la retraite. Je tricote pas mal.

Elle me retourne la question.

— Pas grand-chose... je travaille dans un Tim Hortons.

Carole boit une gorgée d'eau. Elle demande si j'ai une passion.

— J'aime bien écouter des shows d'humour.

Carole dépose son verre d'eau sur la petite table.

— Ah oui ? C'est qui ton humoriste préféré ?

— J'aime bien Norm Macdonald. Y'a pas grand-monde qui le trouve drôle, mais moi, il me fait rire.

Carole ouvre la bouche comme si je venais de lui faire une surprise.

— Moi aussi, je l'aimais ! Surtout quand il passait à l'émission de David Letterman !

Wow, elle connaît Norm. Si je n'aimais pas les hommes, j'aurais peut-être trouvé l'amour de ma vie.

La porte de la salle de bain s'ouvre. Mon père et mon frère ne sortent pas. On entend Gui, il chuchote vraiment trop fort :

— Tu t'es-tu brossé les dents ?

— Ben oui, Guillaume, tu me prends pour qui ?

Sylvain sort, mais se fait retenir le bras par Guillaume qui l'entraîne à nouveau dans les toilettes. On entend encore le murmure grave et bruyant de Guillaume.

— T'es sûr que tu t'es lavé l'gland ?

Sylvain sort en souriant à Carole. Ils s'enlacent de longues secondes. Mon père semble tellement petit dans ses bras. Carole ferme les yeux. Elle a l'air de le retrouver, comme si elle le connaissait depuis toujours. Mon cœur palpite, je ne sais pas pourquoi. Peut-être parce que j'espère que tout se passera bien. Peut-être parce que j'espère que Sylvain n'aura pas encore le cœur brisé. Peut-être parce que j'ai le sentiment que le temps passe trop vite. Le temps me glisse entre les doigts et je ne peux rien faire. J'assiste à la vie des gens qui m'entourent en admirant leurs défauts. Je suis jaloux d'eux. Je suis jaloux de mon frère schizophrène pour qui la vie semble si simple et si belle. Je suis jaloux de mon père qui a un cancer et qui ne se plaint jamais. Je suis jaloux du courage de mon père qui affronte la mort et qui souhaite à tout prix être en amour pour une dernière fois. Je le comprends tellement. Je m'ennuie de mon ex, je m'ennuie de Nic et de son odeur. Tout est plus simple quand on est amoureux. Pendant des années, on était sur la même longueur d'onde, Nic et moi. L'amour, le vrai amour, c'est ça : rester sur la même longueur d'onde. Sylvain semble complètement métamorphosé, comme si on nous offrait un père flambant neuf. Il semble léviter au-dessus du divan.

Fucking superhéros, Pa'.

Guillaume tapote sur son cellulaire.

— Carole, ça te tente-tu de voir la vidéo de fantôme ?

Sylvain regarde Guillaume avec des fusils dans les yeux.

— Viens, Gui, on va aller dans ta chambre... je veux la voir ta vidéo de fantôme. On va laisser Pa' jaser avec Carole.

— T'es sûr ?

— Oui, très sûr, viens.

Sylvain et Carole replongent dans leur conversation

comme si de rien n'était. J'entends Carole confier à mon père qu'elle aussi, c'est une battante, qu'elle a eu deux cancers du sein. Je ferme la porte de la chambre. Gui s'assoit.

— T'es sûr que c'est une bonne idée ? Pa' pourrait tomber ?

Je réfléchis un court instant, je m'assois sur le coin de son lit.

— T'inquiète pas, Gui, Pa' tombera pas.

Pas aujourd'hui.

21

— Dépêche, Gui, on va être en retard...

On sort du métro Radisson. Guillaume me suit, il traîne de la patte. Il n'a pas prononcé un mot de toute la matinée. Il ressemble à un pitou qui est triste, un pitou qui sait qu'il doit aller se faire toiletter mais qui ne veut pas. On marche sur la rue Trianon, on passe devant le parc du Vaisseau-d'Or. Je décide de passer par un chemin moins drabe. Je coupe par le parc. Guillaume me demande ce que je fais.

— C'est plus beau par ici.

On emprunte la piste cyclable. On marche côte à côte. Guillaume n'a pas levé la tête une seule fois depuis qu'on est partis.

— Ça va ?

Guillaume ne me regarde pas.

— Ouin.

Je sais que tu veux pas recevoir ta dose, mais t'as pas le choix, Gui.

Les arbres sont nus. Le ciel est gris. Le mois de décembre ressemble plus à un mois de novembre refoulé. La neige a fondu. C'est la journée parfaite pour être déprimé mais, étrangement, je ne le suis pas. Mon père parle à Carole chaque jour, il rit tout le temps. À la maison, c'est moins pénible. On se bat contre le cancer un peu plus dans la joie et la bonne humeur. C'est con dit comme ça, mais je ne sais pas comment mieux décrire la situation. Au Tim, je fais des commandes à l'auto depuis un certain temps. Suzanne semble de plus en plus m'apprécier.

— J'ai pas envie de grossir.

Guillaume fixe toujours l'asphalte gelé en traînant de la patte. Il est immense dans son manteau d'hiver. À côté de lui, je ressemble à un hobbit.

— Hein ? De quoi tu parles ?

Guillaume arrête de marcher et explose.

— Cet esti de médicament-là me fait prendre du poids... C'est pour ça que j'ai pas de blonde !

— T'es pas gros, t'es bâti.

Guillaume lève les yeux au ciel.

— Non, je suis gros pis tu le sais.

Je regarde autour de nous. Il n'y a personne. Tout est calme, il n'y a pas vent. La terre semble avoir aspiré son air. C'est ça qu'on doit entendre dans l'espace.

— T'as pas le choix, Gui. Si on n'y va pas, tu vas finir à l'hôpital... c'est-tu ça que tu veux ?

Silence. Guillaume serre les dents, je poursuis :

— Tu réalises pas à quel point que je serais décâlissé si tu te faisais interner...

Gui a les yeux pleins d'eau.

— Je veux juste une vie normale. Je veux juste une maison, pis un chien, pis une blonde... pis être normal...

Sa voix est rauque. Il semble brûler de l'intérieur. Je fais un pas vers lui, mais il se remet à marcher sans moi.

— Gui, attends !

Il ne répond pas, il continue d'avancer vers l'hôpital. Je le rattrape. Je mets ma mitaine sur son épaule. Il se retourne en pleurant.

— Je veux juste être normal, Louis... je peux-tu être normal ?

Ma gorge se noue. Je prends mon frère dans mes bras.

— T'es fort, Gui...

On reste comme ça de longues secondes. On est en retard.

— On va à ton rendez-vous pis j'te paye des Puffs après, deal ?

Il sourit un peu, essuie ses yeux en hochant la tête. On marche vite sur la piste cyclable. À un moment, je finis par jogger. Guillaume m'imite, il fait du jogging à côté de moi. Je suis surpris, je ne me rappelle pas avoir déjà vu mon frère jogger. Je le pousse un peu pour le niaiser. Il sourit en me poussant plus fort. Je tombe presque par en avant. Gui s'exclame très fort, léger. Je me sens bien, je suis heureux de voir Guillaume s'amuser un peu. On jogge pendant un moment qui semble durer une éternité.

L'ignoble bâtiment en pierre grise est là, il n'a pas bougé.

— C'est tellement laitte... moi, je te peinturerais ça tout en orange, comme les boîtes de Puffs.

Guillaume sourit en silence. On arrive directement en face de l'affiche noire qui indique qu'on doit tourner à gauche pour se rendre au pavillon Lahaise. J'entre avec Gui. J'appuie sur le bouton pour prendre l'ascenseur jusqu'au deuxième étage. Gui me demande :

— Peux-tu me faire plaisir ?

— Ce que tu veux.

C'est un vieil ascenseur. On ne peut pas savoir à quel étage il se trouve, mais on peut facilement l'entendre descendre tranquillement.

— Je peux-tu y aller tout seul ?

Je suis pris par surprise.

— J'aimerais mieux y aller avec toi, Gui.

Guillaume enlève sa tuque. La peau de son crâne est tellement blanche, presque transparente. Trois têtes de mort lui sortent du cou. Il se gratte la tête en réfléchissant.

— Ça me gêne... j'aimerais juste ça y aller tout seul.

Silence. L'ascenseur ouvre ses portes. Un homme âgé et une jeune fille en sortent. On ne bouge pas, on se regarde. Guillaume met un pied dans l'ascenseur pour que les portes ne se referment pas.

— J'aimerais que l'infirmière me pique sans que tu sois là... pis j'aimerais voir le psychiatre tout seul.

— T'es toujours tout seul quand tu vois le psy.

— Je veux que t'arrêtes de lui parler avant que je lui parle... j'aimerais gérer ça tout seul, Louis...

Les portes se referment sur son pied et s'ouvrent. Guillaume est doux, presque mélancolique.

— S't'e plaît, Louis.

Je regarde autour de moi.

— OK, je t'attends dehors.

Gui est content.

— Merci, mon frère.

Il entre dans l'ascenseur. Juste avant que les portes se ferment, il se retourne vers moi :

— À tantôt.

Dehors, l'air est doux. Je m'assois sur un banc installé tout près du stationnement. Un flocon tombe dans le milieu de mon front. J'essaie de le prendre avec mes doigts, mais il fond instantanément. De gros flocons tombent mollement tout autour de moi. Je lève la tête. J'attends de longues secondes, puis deux flocons tombent sur mes lèvres. Un troisième flocon tombe sur ma paupière.

Ça me rassure.

22

— T'es laid aussi.

J'entends pas bien. Je replace mon casque d'écoute sur mon oreille.

— Excusez-moi, pouvez-vous répéter, s'il vous plaît ?

— Avec du lait aussi.

— Un lait ou deux laits ?

— Un.

— Parfait, monsieur, vous pouvez avancer.

Je regarde derrière moi, je call un Timatin à Damien qui fait semblant de ne pas m'entendre. Il parle à Meg. Je répète :

— Un Timatin, s'il vous plaît !

Damien m'ignore toujours, mais Meg le rappelle à l'ordre. Il me jette un coup d'œil et me fait un signe de la main pour me signifier qu'il s'en occupe.

Je prépare un grand café deux laits. La voiture arrive à ma hauteur. Je sors le terminal et j'étire le bras au maximum pour le donner au conducteur. Il colle sa carte, je regarde l'écran, c'est accepté. Je remercie le conducteur, je lui donne son café.

— Il manque le sandwich...

— Oui... je vous donne ça tout de suite.

Je regarde Damien :

— Le Timatin, y'est-tu prêt ?

Damien ne me regarde pas. Il travaille lentement.

— T'es-tu correct, Damien ?

— Ça s'en vient... descends d'un cran, j'ai mal à' tête.

— Pardon ?

Je m'approche pour lui faire face. Il est concentré, mais il sent que je suis très près de lui.

— On se calme, pète pas une psychose... Ça s'en vient.

Je fais comme si je n'avais pas bien entendu.

Une psychose, mon tabarnak ?

— Scuse, viens-tu de dire que je fais une psychose ?

Damien me regarde comme si j'étais un extraterrestre.

— Pantoute.

Ah ben, mon crisse.

Je reçois une autre commande. Une voix se manifeste dans mes oreilles.

— Je vais prendre une boîte de douze beignes... deux roussettes... quatre au chocolat...

J'interromps la voix qui me parle :

— Scusez-moi, attendez-moi juste deux secondes, je vous reviens...

J'enlève mon casque. Je m'approche un peu plus près de Damien. Mégane s'interpose.

— Louis ! Qu'est-ce que tu fais ?

— Cet esti-là pense que je fais une psychose.

Damien emballe le sandwich et me le tend :

— Tu capotes, mon gars. Je t'ai juste dit que ça s'en venait... Tiens, ton Timatin.

Mégane me serre le bras. Je regarde Damien droit dans les yeux. Je prends le Timatin et je vais le porter au conducteur. Je remets mon casque d'écoute. Je vois Suzanne parler à Damien. Je suis sûr qu'ils parlent dans mon dos. Les deux me regardent en parlant tout bas. Je m'adresse à nouveau à la voix dans mes oreilles :

— Je suis là... Pouvez-vous répéter votre commande, s'il vous plaît ?

Personne ne répond. Je vérifie si le son de mon casque est bien ouvert.

— Allô... êtes-vous là... allô ?

La journée passe lentement. J'ai une humeur de cul. Durant mon dîner, je mange à côté d'une vieille madame qui fait des mots croisés en mangeant un muffin aux carottes. Elle a l'air en crisse. Je mets un show de Bert Kreischer sur mon cell. Il parle de son père qui serait capable de jaser à un hibou. Bert n'y croit pas, mais la chouette finit par répondre à son paternel au loin. J'appelle Gui pour lui faire le numéro :

— Devine c'est quel humoriste...

J'entends le bruit du micro-ondes résonner dans le téléphone. Il se fait sûrement des Bagels Bites.

— Hein ? Tu travailles pas ?

— J'suis en pause. Devine c'est quel humoriste...

— OK.

— « Ma fille aînée me dit : Papa... » et je lui réponds : « Ferme-la, je discute avec un hibou ! C'est à mon tour de parler... ».

Silence dans le téléphone, Gui réfléchit.

— « Papa, regarde de l'autre côté du lac, il y a un vieux sur son ponton... Un autre vieux saoulon qui fait hou-hou ! »

— Bert Crèchneur !

Kreischer, Gui !

— T'es fort, le frère !

Je raccroche en souriant. La madame me regarde du coin de l'œil. Elle a toujours l'air en crisse.

23

— Aweille, souffle, Pa'!

Guillaume est impatient. La cire commence à couler sur le gâteau au fromage. Aujourd'hui, on a reçu une bonne nouvelle du médecin. La tumeur dans la tête de mon père a diminué un tout petit peu. Pour fêter ça, j'ai acheté un gâteau au fromage avec garniture à la cerise. Il y en a juste au IGA et ils sont chers, mais aujourd'hui, ça vaut la peine. Guillaume a tenu à ce que j'achète aussi des bougies d'anniversaire pour le gâteau. Sylvain ne comprend pas. L'ombre de sa petite tête assombrit tout le mur derrière lui. Ses bras sont tellement frêles qu'on dirait des vieilles allumettes. Il est ébloui par les bougies.

— Pourquoi faut que je souffle là-dessus? Ma fête, c'est dans six mois...

Guillaume le regarde en riant comme s'il était un peu niaiseux de pas comprendre.

— Ouin, t'as pu de tumeur, faut fêter ça!

— J'ai encore une tumeur, le médecin m'a juste dit qu'elle avait diminué... y a rien à fêter là. T'es épais, Guillaume.

L'air de la pièce semble avoir été aspiré par le trou de l'évier. Un silence épais entre dans nos narines. Un brouillard s'installe entre nous trois. La cire fondue se mêle à la garniture à la cerise. J'observe mon père dans la pénombre.

— Calme-toi, Pa'. On est juste contents. C'est une bonne nouvelle.

Sylvain tousse, il boit une gorgée d'eau. Il en échappe un peu sur son chandail :

— Tout ce que vous me faites, c'est de faux espoirs. Allumez les lumières, là, je suis tanné d'être dans le noir !

Guillaume a les yeux pleins d'eau. Il va dans sa chambre. Sylvain gueule :

— Bon, regarde l'autre qui s'en va ! Osti...

Il prend les chandelles encore allumées sur le gâteau et les lance par terre. J'ouvre les lumières.

Tabarnak.

Je ramasse les bougies d'anniversaire. Sylvain saisit son cellulaire et recommence à pitonner.

— Ça, c'était vraiment pas nécessaire...

— De quoi tu te mêles, toi ?

Je fixe mon père dans les yeux.

— Je t'ai juste acheté un gâteau pour te faire plaisir. T'avais pas à être méchant avec Gui.

Sylvain lâche son cellulaire sur la table en vitre. Ça fait un vacarme de fou. Il crie :

— Câlisse, vous voulez que je souffle des bougies pis j'ai encore une tumeur dans' tête ! Vous êtes débiles ou quoi ?

Je sors de la cuisine et je cogne à la porte de Guillaume.

— Gui ? Je peux entrer ?

J'ouvre. Guillaume a ses écouteurs et regarde une vidéo à travers ses larmes. Un groupe de jeunes court comme des poules pas de tête pour fuir un monstre qui sort du bois.

— Pa' voulait pas te faire de peine, Gui...

Guillaume m'entend à travers ses écouteurs.

— Ouin, qu'il mange de la marde, le vieux... moi, je le lave pu.

C'est pas de la faute à Pa', Gui. C'est la tumeur qui change son humeur, c'est la tumeur qui le fait agir de même... c'est juste à cause de la tumeur...

Guillaume enlève ses écouteurs.

— En plus tu lui as acheté un gâteau au IGA. Crisse, c'est cher, un gâteau au IGA!

Guillaume tremblote sur sa chaise d'ordinateur. Il essaie de ne pas le laisser paraître, mais il est secoué. Sur le plancher, il y a plein de vêtements sales. Je ramasse méthodiquement chaque t-shirt, bas, bobette.

— Qu'esse tu fais?

— Je vais partir une brassée.

Guillaume m'aide comme il peut en ramassant un bas.

— Je trouve pas l'autre.

Soudainement, j'entends mon père dans mon dos:

— Les gars...

Sylvain a la tête baissée comme s'il voulait nous aider à ramasser. Dans sa main droite, il tient toujours son cellulaire. Il semble si fragile. Je ne bouge plus, surpris de le voir debout. Guillaume est figé comme une statue, stupéfait comme s'il assistait à la résurrection de Jésus.

— Je... je m'excuse...

Mon père chancelle, il essaie de trouver l'équilibre pour rester bien droit. Il n'a plus de force dans les muscles. Ses jambes sont molles. La main droite qui tient son téléphone se contracte et se décontracte comme si l'appareil était enduit de vaseline.

— Je m'excuse, les gars...

Je lâche le gros tas de linge. Guillaume se lève rapidement pour empêcher Sylvain de tomber. On dirait que mon frère tient un cerf famélique dans ses bras.

Je vois une larme couler sur la joue de mon père. Ses deux bras enlacent le dos de Guillaume. Sa main gauche harponne le chandail de mon frère tandis que sa main droite tient toujours bien fermement son cellulaire.

— Je m'excuse, mon beau Guillaume... tu mérites pas d'avoir un père de même.

Les deux restent comme ça de longues secondes. J'enjambe le tas de linge et je les serre. Je les prends en sandwich dans mes bras. Je pose ma tête sur celle de Sylvain. On renifle l'un dans l'oreille de l'autre. Je morve un peu sur le chandail de mon père. Guillaume se dégage, recule d'un pas :

— Heille, on mange-tu le gâteau ?

24

Il neige à la folie dehors. Je regarde sur MétéoMédia : rafales de vent, grêle, pluie, tout ce que tu veux. Je suis allongé dans mon lit devant mon laptop. En face de moi, Blanche Cardin parle dans le micro. Elle est immobile. Elle ne bougera pas pendant plus de soixante-quinze minutes. Elle va rester immobile et faire rire les gens. C'est la définition d'un superpouvoir, je crois. Elle me regarde avec de grands yeux.

— Je sens que mon corps est fini. Il est flingué. Je suis fatigué physiquement. Quand il pleut, je boite.

J'entends Sylvain parler au téléphone avec Carole. Guillaume écoute du rap dans sa chambre. Ça sent les Bagel Bites dans tout l'appartement. Je mets le show sur pause et je vais voir Gui.

— Devine c'est quel humoriste...

Guillaume est impassible et hoche de la tête en attendant la suite.

— Le matin, je me lève. Jusqu'à midi, j'ai la voix de mon père, la gueule de Mohamed Ali. Je sens que mes cellules ne se reproduisent plus. Mes organes dégénèrent... je le sens... quand je ne mets pas de déo, je sens la soupe, maintenant.

Gui me fixe en tenant son assiette remplie de Bagel Bites dans une main. Il ne dégaine pas le moindre petit sourire.

— OK, attends, je continue...

C'est quoi, déjà?

Gui se met un Bagel Bites dans la bouche.

— Je ne peux plus rien manger, je ne digère plus rien. Ce système digestif est périmé. Mais vraiment! Il n'était pas fait pour durer aussi longtemps! Non mais, je n'ose même plus pisser sous la douche parce qu'à chaque fois que je pisse, je chie un peu maintenant!

Gui sourit avec la bouche pleine de minipizza.

— Ouin, je sais pas c'est qui... mais y'est comique.

— C'est une femme.

— Ah ouin?

Gui met un autre Bagel Bites dans sa bouche.

— Ouais...

— Lise Dion?

Je fais non de la tête et je retourne dans ma chambre. Je continue d'écouter le show de Blanche Cardin. Je ferme l'écran de mon laptop et je ris encore tout seul comme un con. Guillaume accourt dans ma chambre, me demande si je suis correct. Je ris trop, je suis incapable de lui répondre. Il s'agenouille près de moi. En m'essuyant les yeux, je dis :

— Chus correct, Gui.

Guillaume ne sait toujours pas si je suis content ou si je suis triste. Une déneigeuse passe à toute vitesse devant notre immeuble. Ses lumières jaunes éclairent toute ma chambre à coucher. Mon fou rire est incontrôlable.

— Je ris... je fais juste rire.

25

Le bar est plein à craquer. Deux inconnues sont à la même table que moi parce qu'il n'y a plus de place nulle part. Je bois un virgin caesar. Mallette fait son numéro de fermeture. Il rappe sur les performances pitoyables du Canadien de Montréal, en les comparant à un politicien crapuleux. Je n'ai pas ri une seule fois de toute la soirée. Jérémie Gravel était annoncé dans le programme, mais il ne s'est jamais pointé. Je croque ma branche de céleri et je décampe juste avant que le bar se transforme en une piste de danse. Je regarde mes textos, Guillaume m'a écrit : « On devrait faire un bonhomme de neige demain ! » J'envoie l'émoji d'un bonhomme de neige avec l'émoji d'une courge et j'écris : « Pourquoi pas ». Guillaume me répond simplement : « lol ». Je descends les marches à la station de métro, j'attends une éternité avant qu'un wagon s'arrête devant moi. Puis, les portes s'ouvrent. Je m'assois, je suis seul. Une bouteille de Heineken vide roule et tourne sur elle-même près de mes pieds. Je regarde à nouveau mon cellulaire, je regarde à nouveau le « lol » de Guillaume. En montant les marches du métro, je retrouve mon ami Bernard assis en tailleur par terre. La petite cage mauve est ouverte à côté de lui. Il tient son rat blanc dans ses mains et le flatte délicatement. Dès qu'il me voit, il me sourit. Je fouille dans mes poches, je n'ai pas d'argent.

Shit.

— Merde... j'ai pas de cash sur moi aujourd'hui... j'm'excuse...

Son sourire s'efface un peu, mais il me fait un clin d'œil.

— Pas grave man, tu me donneras deux piasses la prochaine fois !

Je ris.

— Deal.

Je m'éloigne. Puis, je m'arrête. En fouillant dans mes poches, je touche une piasse, bien au fond. Je retourne vers Bernard. Il ne m'a pas vu, il donne un bec sur la tête de son rat. Il est tellement doux.

— Heille! Il me reste une piasse finalement.

Il me sourit, il prend la piasse. L'argent disparaît aussitôt dans sa poche. Il me parle, mais je ne l'entends pas à cause du bruit assourdissant d'un wagon qui vient d'arriver. Je m'éloigne.

— Prends soin de toi, fait frette à' soir...

Il me retourne mon sourire. Quand je suis sur le point de monter les marches qui mènent à l'extérieur, il me crie :

— Mr. Jingles va me réchauffer !

Il brandit son rat blanc à deux mains comme s'il tenait le plus grand trophée du monde.

26

Je rêve que j'embrasse Nicolas C'est Le Démon. Guillaume me réveille. Je sursaute, je regarde l'heure : 7 h 16.

— Louis... Louis... On fais-tu un bonhomme ?

J'ai une crotte dans l'œil aussi grosse qu'un caillou. Je m'étire un peu. Guillaume s'assoit dans mon lit. Il a son manteau sur le dos et des salopettes de neige.

— Louis... viens, y a de la belle neige dehors, on va faire notre bonhomme.

What the fuck, y'est ben intense.

Je bâille. Ma voix est fatiguée :

— Gui... y'est un peu tôt pour faire un bonhomme de neige...

— Ben non, la neige est parfaite. Pis j'ai habillé Pa'.

Je ne comprends pas.

— De quoi, t'as habillé Pa'?

— Viens!

Je sors de ma chambre en bedaine et en bobettes. Le plancher est gelé. Je découvre Sylvain assis dans le divan habillé avec son habit de ski-doo. Il a l'air bête.

— Voyons, vous êtes ben primés à' matin...

Sylvain a l'air d'un gros ours en peluche turquoise. Il ne bouge pas du tout, comme s'il était paralysé de la tête aux pieds.

— Ça fait combien de temps que t'as ça sur le dos?

— Une heure...

De la sueur perle sur son visage.

— Voyons, Gui, pourquoi tu l'as habillé de même si vous sortez pas?

Guillaume s'assoit à côté de Sylvain sur le divan.

— On l'attend pour faire le bonhomme.

— Je vais mettre mes pantalons pis je vous rejoins... allez dehors un peu...

Guillaume aide Sylvain à se lever. Il traîne notre père jusque sur le terrain de l'immeuble en face. Je mets mes pantalons, mes bottes et mon manteau. Dehors, Guillaume a mis du gros rap sur son téléphone cellulaire. Il a déjà commencé à faire la base du bonhomme de neige. Je l'aide à faire la première boule de neige. Il a installé notre père près d'un arbre. Sylvain est accoté sur le tronc et nous regarde avec un air bête.

— Veux-tu que je te ramène en dedans, Pa'?

Il réfléchit.

— Non, non, je veux faire plaisir à Guillaume. J'ai pas été smatte avec lui...

— Hésite pas à me dire si t'as le cul gelé.

Sylvain lâche un petit rire. Je retourne aider Gui avec notre bonhomme. Il a tellement de fun que c'en est contagieux. Je prends plaisir à le rendre parfait, je me donne. On fait la deuxième boule, puis la troisième. Je dois aller chercher de la neige chez les voisins avec une petite pelle. Gui me tend des boulons et des washers.

— Prends les washers, c'est les yeux.

Guillaume sort une carotte d'un sac en plastique.

— Ah... c'est pour ça que tu voulais que j'achète des carottes.

Guillaume rit. Il la met sur la boule du bas pour faire comme si notre bonhomme de neige était bandé. Je ne ris pas.

— Très drôle, Gui.

Il se trouve hilarant. Soudain, une chanson de La Compagnie créole résonne dans le manteau de Gui:

« ÇA FAIT RIRE LES OISEAUX! ET DANSER LES ÉCU-REUILS! ÇA RAJOUTE DES COULEURS AUX COULEURS DE L'ARC-EN-CIEL! ÇA FAIT RIRE LES OISEAUX! OOOH-OOOH-OOOH RIRE LES OISEAUX! »

Papa tombe sur le côté, pris d'un fou rire fulgurant. Guillaume prend un temps fou à chercher son cellulaire dans ses poches. Je braille de rire tellement c'est absurde.

— Ayoye, ça fait changement de 50 Cent!

Guillaume réussit à arrêter la musique.

— C'est quoi cette toune-là? J'ai jamais écouté ça!

Sylvain est rouge comme une tomate au pied de l'arbre. Guillaume prend la carotte et me la lance mollement dessus en disant :

— Fuck you! Arrêtez de rire de moi!

— On rit pas de toi!

Sylvain respire fort, il cherche son souffle tellement il rit. Toujours couché sur le côté, il réussit à souffler :

— C'est juste que ça fait chanter les abeilles!

On s'esclaffe tous les deux. Guillaume finit par rire un peu lui aussi. Il n'y a pas un chat dehors. Je ne sens plus mes doigts à cause du froid. La vie est facile. La vie est belle et facile. Et il n'est pas encore dix heures du matin.

27

Je me réveille en sursaut. Sylvain est assis dans mon lit et me secoue le bras.

— Louis... Louis...

Dans la pénombre, mon père a l'air d'avoir deux cents ans. Les os de sa main serrent mon poignet. Je me redresse dans mon lit un peu en panique.

— Qu'est-ce qu'y a?

Sylvain approche sa bouche de mon oreille.

— C'est Guillaume... il est bizarre...

Je me raidis. Mon souffle se coupe pendant une seconde. On sort de la chambre. Mon frère est planté devant le réfrigérateur. Il porte seulement un boxer des

Looney Tunes. La lumière du frigo illumine son visage et sa grosse bedaine. Je m'approche doucement de lui.

— Gui? Qu'est-ce que tu fais?

Guillaume est obnubilé par l'intérieur du frigo. Il murmure des choses incompréhensibles. Je lui tapote le dos pour essayer de le faire décrocher, mais son attention reste braquée sur le frigidaire. Il finit par se retourner vers moi:

— Je comprends pas ce qu'il me dit.

What the fuck?

— De quoi tu parles?

— T'entends pas?

Je tends l'oreille vers la porte ouverte du frigidaire.

— Ben... c'est le compresseur du frigo?

Gui désapprouve de la tête.

— Ouin, non. Écoute bien...

Je colle mon oreille sur la porte du congélateur.

— Sérieux, Gui, j'entends juste le compresseur.

— Ouin... mais derrière, y a quelqu'un qui parle?

Je me retourne vers Sylvain. Je ne vois pas très bien son visage, mais je sais qu'il est inquiet, je le sens par sa posture.

— Pa', viens écouter...

Notre père semble peser deux livres et demie dans la pénombre de l'appartement. Un silence assourdissant me rentre dans la tête. J'entends mon cœur pomper dans mes tympans. Le micro-ondes indique 4 h 20.

— Il est tôt un peu, Gui... t'es sûrement juste fatigué.

Guillaume se gratte le sourcil nerveusement. Il pose sa tempe sur le côté du frigidaire. Sa bedaine s'écrase contre le plastique de l'électroménager. Son visage semble tout à coup s'illuminer comme s'il avait eu une révélation.

— C'est une autre langue... ça parle en chinois derrière le bruit du frigo !

Je ne veux pas rire pour ne pas le blesser. Mon père retourne dans sa chambre :

— Je vais me coucher, Louis. Tu vas être correct ?

Sa voix est minuscule et fatiguée. Si les souris savaient parler, c'est probablement cette voix-là qu'elles auraient.

Gui allume la lumière de la cuisine. Je ferme les yeux, ébloui.

— Gui, ferme ça...

— Non mais, là, je capote.

Guillaume commence à tirer le réfrigérateur vers lui. Ça fait un vacarme de fou.

— Câlisse, Guillaume, qu'est-ce que tu fais ?

— Je veux juste voir de quoi...

Gui tire le frigidaire jusque dans le milieu de la cuisine. Il est à la recherche de quelque chose. Ses pieds nus piétinent la poussière. On n'a pas bougé ce frigo-là depuis qu'on habite ici.

— Gui, tes pieds vont être tout sales... Viens.

Guillaume se met à genoux.

— Crisse, je le savais ! Y vient de la Chine !

J'essaie de comprendre la logique dans tout ça.

Guillaume se lève d'un bond et fait le tour du frigidaire. Il est survolté.

— La voix derrière le moteur, c'est une voix de Chinois... Louis, on doit acheter un autre frigo.

— Gui, tu t'entends-tu parler ?

— Il nous faut un frigo canadien... ben... québécois, là... qui parle français.

Je pose mes mains sur la vitre froide de la table.

— Va te coucher, Gui.

Guillaume me regarde de longues secondes. Il n'en revient pas de mon indifférence.

— Louis, c'est capital...

— Capital? Ah ouais?

— C'est peut-être quelque chose de super important qu'on comprend pas... un message codé. Il faut vraiment que t'achètes un nouveau frigidaire!

— Bon... premièrement, un frigo c'est cher en tabarnak, j'ai pas d'argent pour ça... pis est-ce que tu t'entends parler, Guillaume?

Gui me regarde avec de grands yeux. Il se gratte le coude en me dévisageant.

— Je vais appeler l'hôpital demain...

Guillaume accote sa grosse bedaine contre moi et me pointe du doigt.

— Pourquoi tu veux appeler à l'hôpital?

— J'aime pas ça... y se passe de quoi dans ta tête... Il faut peut-être qu'ils augmentent ta dose, je sais pas...

Mon frère fait les cent pas dans la cuisine en se tenant la tête.

— Ç'a pas rapport, là... ç'a vraiment pas rapport. Regarde.

Il me fixe droit dans les yeux en me prenant les épaules.

— J'ai pris de la drogue...

Câlisse.

Je pousse légèrement mon frère pour qu'il me lâche. Je tape dans le mur avec la paume de ma main. Mes doigts fourmillent et envoient des petits chocs électriques à mes os.

— T'es sérieux, là ? T'as quoi dans' tête ?

Gui se tient le crâne à deux mains, il grimace de peur.

— Ouin, je sais pas...

Je prends les mains de Guillaume pour qu'il arrête de bouger. J'essaie de voir ses pupilles, mais il ferme les yeux.

— Qu'est-ce que t'as pris ?

— Des bonbons au pot...

Ses yeux sont toujours fermés. Sa tête est levée vers le plafond. Guillaume se retourne très rapidement dos à moi et fait quelques pas vers l'évier. Je le suis de près, je le suis comme un caneton qui suit sa mère.

— T'as acheté ça où ?

Il évite mon regard. Il s'assoit, fixe le plancher.

— Coco...

Je frappe sur la table. Ça fait un fracas d'enfer. Pendant un instant, je suis sûr d'avoir craqué la vitre.

— Le dealer qui habite dans notre bloc ?

Guillaume se gosse après le lobe d'oreille en regardant par terre.

— Ouin...

— Crisse que tu t'aides pas, man. T'es médicamenté, Guillaume... Tu le sais que t'es schizophrène, tu peux pas niaiser avec ça, fuck !

Guillaume se met à genoux à côté de moi. Il empoigne mon boxer. J'empoigne ses doigts pour qu'il me lâche, mais il s'agrippe fermement.

— Oublie ça, l'affaire du frigo... j'en veux pu de frigo qui parle français... On repart à zéro, OK?

Je tiens mon boxer pour ne pas que Guillaume me l'arrache.

Le boutte de la marde, ce serait d'avoir la queue à l'air en ce moment.

— OK, Louis? OK? Réponds-moi!

Ma bouche est sèche comme jamais. J'essaie d'humecter l'intérieur de mes joues avec ma langue mais ça ne change rien. J'ai l'impression d'avoir une pomme de pin dans la gorge.

— Tu me jures que t'as pris des bonbons au pot?

La question semble surprendre mon frère. Il lâche mon sous-vêtement et recule un peu en me dévisageant. Il reste muet. Je replace mon boxer.

— Est-ce que tu me dis ça pour cacher que tu fais une psychose?

Tellement cave d'y demander ça, il me dira jamais la vérité.

Gui fait signe que non de la tête. Il se gratte le nez.

— C'est des bonbons... des bonbons...

On se regarde tous les deux sans rien dire pendant un moment. Guillaume finit par lâcher, un peu désespéré:

— Je peux-tu aller faire dodo?

— OK, Gui, va faire dodo.

Guillaume éteint la lumière et disparaît dans sa chambre comme si de rien n'était. Je n'entends plus mon cœur dans mes oreilles. Il n'y a plus que le compresseur du frigidaire qui gronde. Dans le milieu de la cuisine, il ressemble à un monolithe étrange. Sa lumière illumine mon corps frêle. Je ferme la porte et je colle mon oreille contre la surface de plastique. J'essaie d'entendre une voix pour me rassurer. Une voix qui va me murmurer en chinois que Guillaume a juste pris du pot.

28

— Ce gars-là est zéro drôle.

Il n'y a pas un chat au Tim Hortons. Je suis derrière le présentoir de beignes et je ramasse machinalement une par une chaque pâtisserie qui n'a pas été vendue. Je suis estomaqué :

— Jerry Seinfeld est fucking drôle !

Mégane me dévisage.

— C'est un vieux baby-boomer, y'est complètement dépassé, le pauvre !

Je n'en reviens pas. Je laisse tomber un beigne par terre, je le ramasse et le mets dans la grosse poubelle à côté de moi.

— Son show des années quatre-vingt-dix est hilarant !

Mégane fronce les sourcils. Elle lève son doigt en touchant son casque.

— Bonsoir, est-ce que je peux prendre votre commande ?

Je me mets à genoux. Je me penche vers une rangée de muffins aux explosions de fruits que personne n'a

111

achetés. Je les mets tous dans la poubelle pendant que Meg prépare un cappuccino pour une commande à l'auto et se retourne vers moi :

— T'as le droit d'être un baby-boomer, Louis. Je te juge pas.

Elle ouvre la petite fenêtre en s'adressant au client :

— Ça va faire 2,85 $, s'il vous plaît...

Mégane tend le terminal au chauffeur et me jette un regard découragé. Puis, elle sourit au client :

— Bonne soirée !

Dehors, une tempête de neige fait rage. Je regarde sur MétéoMédia : un vent de 80 km/h avec 25 centimètres de neige. La joie. Je suis heureux pour vrai. Je suis probablement la seule personne au Québec qui aime la neige mais qui ne fait aucun sport hivernal. Je trouve ça féérique. Sans joke.

Je suis peut-être un baby-boomer.

Je prends la poubelle et l'amène derrière. Mégane me suit :

— T'es fâché ?

— Ben non !

Je réfléchis un instant en regardant le vide.

— Je réalise que la plupart des gens qui me font rire, c'est pas mal juste des baby-boomers.

Mégane ricane comme une corneille, mais son rire arrête net.

— Bonsoir, est-ce que je peux prendre votre commande ?

Je regarde l'heure, c'est la fin de mon shift, mais je n'ai pas trop envie de retourner chez moi tout de suite.

Sylvain a commencé un septième cycle de traitement de chimiothérapie. On entre pour un septième mois consécutif avec la prise de Temodal par la bouche à la maison en plus des séances de radiothérapie à l'hôpital. Je sais qu'on s'enligne vers des journées assez dures. La mauvaise humeur de Sylvain va s'amplifier, il va être encore plus irritable et impatient. Depuis que mon père a le cancer, c'est comme si je l'avais un peu aussi. Il déteint de plus en plus sur moi. Je trouve que je lui ressemble de plus en plus. Mégane me regarde en parlant à un client dans son casque d'écoute, elle me fait signe en me demandant ce que je fous encore ici. Je hausse les épaules.

Je sais pas ce que je fous.

Je passe de l'autre côté du comptoir. Je replace les chaises, je ramasse de vieilles napkins qui traînent par terre. La neige est déchaînée. Les rafales la poussent de manière oblique, il y a des flocons dans toutes les fenêtres. Je pense à Bernard, j'ai peur pour lui, j'espère qu'il va bien. Je pense à Guillaume et à Sylvain. Je pense à Carole.

C'est vrai, Carole est là maintenant, peut-être que ça va être moins pire.

Mégane me sort de ma bulle.

— Tu t'en vas pas, Seinfeld?

Je la dévisage comme si j'étais offusqué. Elle rit.

— OK, peut-être que la série est pas faite pour toi... mais c'est sûr que tu rirais avec son dernier stand-up.

Mégane s'assoit sur une table, pensive.

— Ah ouais?

— C'est sûr.

Elle regarde la neige avec moi. On reste en silence comme ça un bon moment. Puis, elle me susurre d'une voix cochonne:

— Mon shift finit dans une heure... je te lifte chez nous pis on écoute ça?

Je la regarde en faisant une grimace:

— J'espère que t'es pas en train de me cruiser, là...

Évidemment, Mégane est au courant de mon orientation sexuelle. Et je sais aussi qu'elle est lesbienne. Mais on aime faire des blagues comme ça: on est des petits comiques.

— Y a pas moyen que deux gais écoutent un show de baby-boomer sans s'écœurer?

— Ça me tente mais... faut que je retourne chez nous pour m'occuper de Gui pis de mon père...

— Tu peux pas faire une exception? Juste un soir? T'es jamais venu chez nous!

Je réfléchis. Une image absurde me vient à l'esprit: le ciel crée des flocons sans vraiment y penser. Un peu comme les femmes donnent naissance à des bébés. La nature s'occupe de les façonner. Tous les flocons sont uniques, comme les enfants.

Je suis fucké.

— Donne-moi deux secondes, je checke avec Gui.

Mégane me donne des petites tapes sur l'épaule comme si j'étais un bon toutou qui écoute sa maîtresse. J'envoie un texto à Gui: «Est-ce que c'est correct si je te laisse seul avec Pa' encore quelques heures?» J'attends sa réponse. Il m'appelle.

— Salut.

— Tu t'en vas au bar ?

— Non, non, j'irais chez une amie… tu serais-tu correct d'être tout seul avec Pa' ?

— Ouin !

— T'es sûr ? Comment il va, lui ?

— Il dort depuis deux heures…

— Je reviendrai pas si tard que ça, genre… minuit.

— OK.

— Bonne soirée, Gui.

— OK, toi aussi.

Mégane sert un énième café. Je lui montre mon pouce en l'air. Elle sourit. À travers la tempête, je vois une silhouette dans le stationnement. Je m'approche de la fenêtre, et je ne vois plus rien excepté une nuée de flocons qui se cogne agressivement contre la vitre. C'est peut-être la réincarnation d'un million de bébés qui s'écrasent contre la fenêtre du Tim.

Gui penserait que c'est un fantôme, c'est sûr.

29

— Beau char.

Mégane se replace les cheveux en se regardant dans le rétroviseur.

— Heille, ris pas de ma vieille Mazda. J'ai acheté ça usagé pour vraiment pas cher.

La neige s'empile sur le pare-brise. Mégane met le chauffage à fond et sourit à pleines dents.

— Le temps qu'y fasse chaud on va déjà être rendus chez nous!

Mégane recule, mais la vitre arrière n'est pas déneigée. Je stresse:

— Heille, attends, tu vois rien... y'est où ton balai, je vais déneiger ça...

Mégane me dévisage en continuant à reculer.

— Un balai? Tellement baby-boomer...

J'allume la petite lumière du plafond. Je cherche un balai. De l'extérieur, les gens doivent penser que la voiture est un bloc de glace qui fait de la lumière.

— Ferme ça! J'vois rien!

J'éteins la lumière. Il fait plus froid en dedans qu'en dehors. Il y a du givre sur toutes les vitres de la voiture. Mégane a gratté avec l'ongle de son pouce un minuscule cercle sur le pare-brise. On traverse le stationnement en passant devant l'épicerie, puis on tourne à droite sur la rue Robert-Chevalier. Au feu, Mégane tourne encore à droite sur Sherbrooke et le cercle dans son pare-brise ne s'est toujours pas agrandi. Au coin de Tricentenaire, j'insiste:

— Sérieux, je vais déblayer, ça va me faire plaisir.

— As-tu peur, Louis?

Je scrute les fenêtres givrées.

— Oui.

Mégane rit.

— On arrive dans genre une minute... j'habite sur la 16ᵉ Avenue.

— Sérieux? Moi j'habite sur la 24e.

— Pas loin de la marina?

— Ouais!

Une voiture nous klaxonne. Mégane roule au milieu des deux voies. Je m'accroche à la poignée au-dessus de la portière.

— Ça y est... on va mourir.

Mégane plaisante en donnant de légers coups de volant. Ça la fait couler du nez. Je remarque que ses yeux sont fermés.

— Crisse, Meg! Arrête de niaiser, esti! Ouvre les yeux, regarde dans ton p'tit trou!

Mégane n'arrête pas de rire. Elle tourne à gauche sur la 16e Avenue. Puis, elle s'immobilise un instant plus tard devant un immeuble à appartements. En dramatisant un peu la situation, mais pas tant que ça, je lâche:

— Oh my god, on est arrivés? On est-tu arrivés pour vrai? Merci, seigneur!

La distance entre la voiture et sa porte d'entrée n'est pas longue, pourtant j'ai l'impression de traverser tout un lac gelé. Je fais des petits pas, c'est tellement glacé que je n'ai pas le choix de m'agripper au manteau de Mégane. Elle ouvre la porte, ça sent le shampoing sec en spray. Une odeur de fraise et de spaghetti flotte dans l'air. J'enlève mes bottes, un chat noir aux poils longs me fixe de manière étrange.

— C'est Pistache. Fais pas attention à elle, c'est une conne.

— OK.

Pistache la conne.

On accroche nos manteaux à la patère violette. Meg me demande si je veux quelque chose à boire.

— Ah ben ouais, un petit café?

— Oh boy... je parlais plus comme... de la bière? Un shooter?

Je regarde Meg avec de gros yeux, exagérant mon expression faciale.

— Je suis un peu fatigué.

— T'es tellement vieux!

Elle pique mon orgueil. Je touche l'écran de mon cellulaire: pas de message de Guillaume.

— OK, une bière.

Je m'assois sur le divan de Mégane. Son appartement est super propre avec des meubles vintage. Une belle lampe dorée est suspendue au-dessus de sa table de cuisine.

— Chandelier marocain?

Elle me fait signe que oui en ouvrant deux bouteilles.

— C'est super beau.

Elle me tend ma bière.

— Toi, dans le fond, t'es Bobby?

— Bobby?

— Bobby! Le designer dans *Queer Eye*?

Je ris. Je bois une gorgée puis je prends le contrôle de la télécommande comme si j'étais chez moi. Mégane trouve ça drôle, elle me laisse faire. J'ouvre l'application Netflix. Je regarde ce que Mégane visionne: *Un château pour Noël*, *Riverdale*, *A Boy Called Christmas*, *Sabrina* et *Dynastie*. Je ris un peu de sa sélection. Elle me donne une bine.

Ouch...

Je cherche *Seinfeld* et je tombe tout de suite sur *Jerry Seinfeld: 23 Hours to Kill*. Je bois une gorgée de bière, fier de mon coup.

— Prête à rire aux larmes?

— On verra.

Jerry arrive sur scène en complet veston-cravate. Mégane n'est pas impressionnée:

— Bon... checke l'autre avec son suit.

La tête enfoncée dans le divan, je rêve:

— J'aimerais ça avoir un suit de même...

— Pour faire quoi? Vendre des Timbits?

Mégane écoute attentivement Jerry.

«J'adore avoir soixante ans. À soixante ans, si les gens vous demandent un truc, vous dites simplement non.»

Je ris. Mégane me dévisage et se retourne vers la télé. Jerry continue:

«Sans raison, excuse ni explication. J'ai hâte d'avoir 70 ans. Je répondrai même plus. À soixante-dix ans, on fait un signe de la main.»

Jerry imite quelqu'un en train de lui parler: «Heille, Jerry, est-ce que tu veux aller au marché aux puces?» Jerry marche sur la scène, fait comme s'il fuyait, nonchalant, et lève la main pour dire de laisser tomber. Mégane sourit à peine. Je bois une longue gorgée de bière.

Bon, on est mal barrés.

«J'adore la soixantaine. C'est apaisant. Je ne veux pas grandir, pas changer, je ne veux rien améliorer. Je ne veux pas nourrir ma curiosité, rencontrer qui que ce soit, ni même apprendre... Je ne mens plus dans les restaurants.»

Jerry imite la serveuse :

«— Est-ce que c'était bon monsieur ?

— Non, je n'aime pas ça. »

Mégane est échouée sur le divan, elle semble s'ennuyer pour mourir.

— Heille... si un monsieur me disait ça au Tim, je lui mettrais mon poing dans' face.

Est-ce qu'elle me niaise ?

Mégane se lève, fait quelques pas et se retourne vers moi :

— T'es ben plus drôle, Louis.

— Tu penses ?

— Certain... veux-tu une autre bière ?

Je réfléchis. Je regarde mon cellulaire. Pas de nouvelle de Gui.

— Pourquoi pas.

Mégane me tend une autre bière, prend la télécommande et arrête le stand-up de Seinfeld.

— Sérieux, je suis pu capable. Sa voix me gosse.

Je comprends ce qu'elle veut dire.

— Bon... ben j'aurai essayé de te faire aimer Seinfeld.

— Bah ouais... stresse pas avec ça.

Silence. Pistache vient ronronner sur ma jambe. Elle plante ses griffes dans mon mollet.

— Ayoye, ton chat m'attaque.

— C'est une chatte. Pis, je t'avais dit qu'elle était conne.

Mégane enferme la chatte dans sa chambre.

— On écoute-tu un film de Noël ?

Au secours.

— Je pense que je vais y aller... commence à être tard...

Je veux pas laisser mon père pis Gui tout seuls trop longtemps.

— Ah, come on! On boit une gorgée de bière chaque
fois qu'on voit un lutin.

— Quel film tu veux écouter?

— *Le Lutin,* avec Will Ferrell.

— Ben là... on va boire à chaque scène du film?

Mégane rit.

— C'est un peu ça l'idée.

Elle sélectionne *Le Lutin* sur Netflix et démarre le film
sans mon consentement.

— Sérieux, je pense que je vais y aller...

— Fais-moi plaisir. Tu joues avec moi juste dix minutes,
pis si t'es écœuré, je vais aller te reconduire chez vous.

Les deux premières minutes sont bourrées de lutins.
Je cale ma bière, je rote. Dans le film, le narrateur avance
que ce ne sont que les lutins qui peuvent fabriquer des
jouets à cause de leurs petites mains agiles. Il raconte
aussi que les trolls puent. On voit un troll en bedaine avec
une couche. Le troll pète et Mégane se laisse tomber du
divan prise d'un fou rire incroyable. Elle se cogne la tête
au passage sur la table de salon. J'éclate de rire à mon
tour.

— Ça va-tu?

Mégane hurle de rire. Ça me tue. On n'est plus capables
de respirer pendant deux bonnes minutes et Will Ferrell
n'est pas encore arrivé. Mégane sort le rhum, elle nous
fait des rhum and Coke à n'en plus finir. On se retrouve
sur le plancher, la tête accotée sur le divan. Mégane fait
jouer *La Matrice*. Elle me chuchote qu'elle est amoureuse

de Trinity depuis qu'elle a quinze ans. Je lui avoue que j'ai toujours voulu frencher Tank.

— Tank?

— Ouais.

Mégane a de tout petits yeux à cause de la fatigue et de l'alcool. En fixant la télé, elle me confie:

— C'est la première fois que j'entends quelqu'un dire ça... C'est vrai qu'il a un beau sourire, Tank.

Je fixe le petit chandelier marocain dans la cuisine.

— J'aimerais ça faire un voyage...

Mégane se tourne vers moi. Elle ne comprend pas.

— Avec Sylvain pis Gui... un roadtrip entre gars... me semble que ça nous ferait du bien.

Mégane bâille:

— C'est une bonne idée...

Je me racle la gorge.

— On a tellement traversé des bouttes rough depuis un an... je suis sûr qu'ils seraient contents de se changer les idées.

Mégane sourit, les yeux fermés, en m'écoutant.

— J'imagine Gui pis Sylvain sur la plage en Gaspésie, proche du rocher percé. Ils seraient cutes. On pourrait prendre un selfie tous les trois avec la mer derrière nous... qu'est-ce que t'en pense?

Mégane chuchote:

— Je te passerai mon char si tu veux...

Elle bâille.

— Je peux aller au travail à pied, ça me ferait plaisir.

Blessé, Tank se relève avec une arme à la main en la pointant sur Cypher:

— Possible ou pas, espèce d'enculé, je te jure bien que tu vas brûler!

Tank tire sur Cypher et réussit à ramener Néo et toute la bande dans le monde réel. Je pense à ma famille. Si on m'avait donné le choix entre la pilule rouge ou la pilule bleue, je pense que j'aurais pris la bleue. Je reste dans la matrice. Sylvain n'a pas le cancer. Guillaume est normal. J'ai une grande carrière d'humoriste.

30

— Réveille-toi, Néo.

J'ouvre les yeux, un peu déboussolé. Je suis allongé sur le divan de Mégane. Pistache est par terre et me regarde avec des yeux méchants. Mégane sourit et me tend un verre d'eau. J'ai la bouche sèche comme c'est pas possible.

Je cherche mon cellulaire, je ne le trouve pas. Je demande l'heure à Mégane pendant qu'elle ramasse les bouteilles de bière. Elle se retourne vers sa cuisinière :

— 11 h 12.

Mon cœur s'arrête de battre. Je me lève d'un bond, je cherche partout. Ma voix tremble un peu :

— As-tu vu mon cell, Meg?

Mégane me fait signe que non, mais elle se rend compte de mon inquiétude. Elle dépose les bouteilles de bière et m'aide à chercher mon téléphone. Elle se met à quatre pattes et regarde sous la petite table:

— Y'est là.

J'ai juste reçu un courriel de Netflix qui m'envoie un message pour me présenter les nouveaux films de la semaine. Le dernier texto date d'hier soir, Guillaume m'a écrit: «OK, toi aussi.»

Fuck.

J'envoie un texto à Guillaume. Mégane me demande si j'ai faim.

— Bof... pas full, mais merci quand même.

— Pas de trouble... ça va?

Je ne suis pas capable de regarder Meg dans les yeux. Je fixe le plancher, je pense à Sylvain. Je regarde mes textos, toujours aucune nouvelle de Gui.

— Veux-tu que je te reconduise chez vous?

Mégane porte un bas de pyjama de Spider-Man, elle a les cheveux décoiffés. Je suis dans ma bulle, je mets une botte, je tremble un peu. Mégane me touche le bras.

— Louis? Attends, là, calme-toi, qu'est-ce qu'y a?

Je la regarde dans les yeux mais je ne la vois pas vraiment. Je me fais plein de scénarios. J'ai chaud, je vois flou. J'ai envie de vomir. Meg me prend la main. Pistache passe à côté de moi et frotte son oreille sur ma botte.

— J'ai un mauvais feeling, je sais pas... c'est bizarre. J'ai jamais découché depuis l'annonce du cancer de mon père. Pis là, je suis ici, pis mon frère répond pas, pis je stresse parce que normalement y me répond en l'espace de cinq secondes, pis là ça fait quatre minutes pis...

Mégane me prend les épaules et me regarde droit dans les yeux :

— Louis, laisse-moi juste prendre mes clés pis je te ramène chez vous, OK ?

— Merci, c'est gentil.

Mégane démarre sa vieille Mazda. Une chanson de La Bottine souriante joue à la radio. Cette chanson est insupportable, mais je n'ose pas changer de poste. Je ne veux pas être gossant.

« SON P'TIT PORTE-CLÉ TOUT ROUILLÉ, TOUT ROUILLÉ, SON P'TIT PORTE-CLÉ TOUT ROUILLÉ GAIEMENT ! »

J'appelle Guillaume et Sylvain plusieurs fois. Le trajet est pénible, je ne suis pas capable de me calmer. Je fixe mon écran de téléphone jusqu'à ce qu'on arrive devant mon immeuble.

« LA ZIGUEZON ZIN ZON ! QUE M'DONNERIEZ-VOUS BELLE, SI JE VOUS TIRAIS DU FOND ? LA ZIGUEZON ZIN ZON ! »

Câlisse, y vont me rendre fou.

Mégane arrête la voiture, ferme la radio :

— C'est vrai que t'habites proche de chez nous.

Je fais semblant de trouver ça drôle. Mégane le sent.

— Écoute Meg, je m'excuse ben gros d'avoir été rushant de même à matin… j'ai passé une belle soirée hier. T'es une bonne amie.

Mégane me sourit en tenant son volant. Elle a un œil fermé. Ses cheveux mauves s'illuminent dans la lumière matinale du pare-brise.

— Ta famille va bien, je suis sûre… tu me donneras des nouvelles.

Je hoche la tête et me dépêche d'entrer chez moi. La porte n'est pas barrée.

Câlisse, Guillaume, combien de fois je lui ai dit de barrer la porte ?

Toutes les lumières sont allumées. Je crie :

— Allô ?

Il y a des traces de bottes un peu partout sur le plancher du salon. Mon cœur va exploser, j'ai chaud, je suis un peu étourdi. J'enlève ma tuque, je regarde dans la cuisine. Il y a des traces jusque dans la chambre de Sylvain. Son ventilateur marche toujours, je vois la petite lumière bleue. Il y a une tache de pisse dans son lit. Je remarque aussi une flaque de sang sur le plancher près de sa commode.

Non, non, non...

Je cours dans la chambre de Guillaume. Il n'est pas là. Son téléphone cellulaire est resté à côté de son ordinateur. Je fais des allers-retours entre le salon et la cuisine.

Pitié, par pitié, faites que ce ne soit pas grave, faites que Guillaume ait obligé Sylvain à faire un bonhomme de neige dehors pis qu'ils aient oublié de me prévenir.

Je regarde l'heure : 11 h 41.

Je peux pas rester ici. Je peux pas. Faut que j'aille à l'hôpital.

Je vais dans l'application Uber. Je confirme une course jusqu'à l'hôpital. J'attends dans la rue. Je regarde la petite voiture virtuelle s'approcher tranquillement de chez moi. La voiture s'arrête une bonne minute. Elle est au coin de Notre-Dame et Tricentenaire à un feu rouge. J'attends, je ne lâche pas des yeux la petite voiture qui s'en vient me chercher. La voiture arrive, la voiture est là. La voiture est là et je ne suis pas capable de lever ma tête, trop obnubilé par la petite voiture dans mon téléphone qui est en face de moi. J'entends le bruit d'un moteur, puis une porte qui s'ouvre :

— Est-ce que c'est vous ?

Je m'installe sur la banquette. Le chauffeur confirme ma course. Il est jeune, il a les mêmes cheveux que Goku dans *Dragon Ball*. Il regarde le GPS sur son téléphone.

— On va à l'hôpital ?

Je réponds :

— Oui.

Il me demande pour s'assurer de mon choix :

— Au CHUM ?

J'acquiesce.

— Alright.

Goku roule vite, vraiment vite. Il me pose des questions, j'essaie d'être gentil, je réponds « oui », même si je ne l'écoute pas vraiment. Il passe sur une rouge, puis sur une deuxième rouge. Quand on arrive devant l'hôpital, il me demande de lui donner cinq étoiles. Je ne sais pas par où commencer, je ne sais pas où aller dans l'hôpital. Peut-être que Sylvain et Guillaume ne sont même pas là. Peut-être que je capote pour rien. Quand je sors de la voiture, le chauffeur me dit :

— Oubliez-pas mes cinq étoiles, monsieur !

31

Je suis aux urgences. La femme derrière le comptoir a peut-être mon âge. Elle m'écoute attentivement. Je braille ma vie. Elle reste silencieuse un moment puis fait une recherche dans son système. Je ne pourrais pas travailler dans un hôpital, chaque fois que quelqu'un braillerait dans ma face, je braillerais avec lui et on serait dans un cercle vicieux de braillage. La femme me demande :

— Sylvain Bouchard ?

Je renifle, je dis :

— C'est ça.

— Il n'y a pas de Sylvain Bouchard ici, monsieur, je suis désolée.

— Vous êtes sûre ?

Elle tape sur son clavier et regarde attentivement son écran :

— Les ambulanciers se sont probablement rendus dans un autre hôpital, je suis désolée.

Dehors, il fait froid, j'ai un vertige. Je m'assois sur un banc près d'un cendrier sur pied. Le cendrier fume par le petit trou. Quelqu'un a mal éteint sa cigarette. Je confirme une course avec un chauffeur Uber vers l'hôpital Notre-Dame. J'appelle Guillaume dans l'espoir qu'il me réponde comme par magie. Je fixe la petite voiture qui bouge dans mon cellulaire.

Y a un satellite qui me montre la petite voiture bouger... c'est fou pareil.

Le chauffeur arrive, me klaxonne de l'autre côté de la

rue. Je cours en évitant de me faire écraser. Le chauffeur écoute un podcast sur la nutrition, puis comme s'il s'intéressait à moi, il me questionne sur le choix de ma destination.

— Vous allez voir une personne malade à l'hôpital?

Je lui fais signe que oui sans m'étaler sur le sujet.

Crissement pas envie de parler, bro.

Durant le trajet, j'apprends qu'en Grèce antique, on utilisait les huîtres en guise de bulletin de vote. Les gens gravaient leur choix dans la coquille. Le chauffeur se retourne en souriant:

— C'est fou, hein?

Je m'en fiche un peu, je réponds:

— Oui, c'est fou.

Je n'ai jamais mangé d'huîtres et je n'ai jamais voté, je ne serais pas un bon Grec.

En arrivant en face de l'hôpital, je remercie le chauffeur. Je me rends directement aux urgences. Il y a cinq personnes devant moi pour parler au monsieur derrière le comptoir. J'attends quarante-cinq minutes en regardant mon cellulaire. J'imagine mon père arriver derrière moi. Il me fait faire un saut. Ça le fait rire. Je rigole avec lui, je lui donne une bine amicale en lui disant que je l'ai cherché partout. Je m'exclame:

— T'étais où? Tu faisais un bonhomme de neige avec Gui? J'espère que tu t'es gelé le cul!

C'est mon tour, je demande au monsieur si Sylvain Bouchard est là. Il cherche dans son système et me dit que non. Je capote. Je regarde autour de moi. Une madame crie de douleur, elle se tient le ventre comme si un alien allait lui en sortir. Un monsieur est en chaise roulante, il a la jambe cassée. Un homme de mon âge saigne de la tête en me regardant.

Câlisse, c'est une joke.

Quand je sors, une petite poudrerie commence à tomber. Je mets mon capuchon, je réfléchis, je tourne en rond, je cherche sur Google Maps. L'hôpital Maisonneuve-Rosemont est juste à côté, je peux m'y rendre à pied en quinze minutes. Je marche jusqu'à l'hôpital, j'entre aux urgences. Un enfant pleure dans les bras de sa mère devant le comptoir. Je demande s'ils ont admis Sylvain.

— C'est mon père, madame, dites-moi qu'il est là, s'il vous plaît.

La madame a un air indifférent, elle me fait signe que non.

Je vais devenir fou.

Je cours dehors, je lâche un cri, un seul cri de rage. Je reste planté plusieurs heures devant l'hôpital, paralysé par la prochaine décision que je suis incapable de prendre. J'en viens à la conclusion que si je reste près d'un hôpital, un miracle va se produire. Mais les heures passent et rien n'arrive. Je prends mon cellulaire, je confirme une autre course pour retourner chez moi à Pointe-aux-Trembles. C'est l'heure de pointe, il va y avoir du trafic.

Ça va être l'enfer.

Le chauffeur s'arrête en face de moi à 17 h 28. J'embarque sur la banquette arrière. Le trajet se passe dans le silence total, ça me fait du bien. J'appelle encore Guillaume, toujours rien.

Câlisse, là, Gui, réponds-moi, y fait noir, j'ai pas de nouvelle, j'ai peur.

Le chauffeur me dépose juste devant mon immeuble. Je regarde si les lumières sont allumées chez moi. Tout est éteint.

OK, là, je stresse vraiment, par pitié donnez-moi des nouvelles.

Je rentre, j'enlève mes bottes, mon manteau et ma tuque. Je fais le tour de chaque pièce pour voir s'ils ne sont pas cachés sous un lit ou dans une garde-robe. Il est 18 h 54. Je m'assois dans la cuisine et j'observe la table à jardin un long moment. Je reçois un texto. Mon cœur bat à cent kilomètres-heure. C'est Meg qui veut savoir si ma famille est correcte. Je n'ai pas le cœur de lui répondre. Je remplis un seau en plastique, j'ajoute du savon et je passe la moppe. Je m'applique, je prends mon temps. En lavant le plancher, je réalise que j'aurais pu appeler les hôpitaux à la place de me déplacer. Je ris tout seul, je ris comme un fou. Je m'allonge dans le lit de Guillaume. Je regarde la face d'Eminem. J'entends une porte claquer dehors. Je me lève d'un bond, je sors de l'appartement. Guillaume est figé comme une statue dans la rue. Une vieille madame avec un manteau beige m'envoie la main.

C'est qui ça?

Guillaume marche très lentement vers moi, trop lentement.

Non, non, non.

— Y'est où papa?

Guillaume ne me répond pas, il regarde le sol en marchant. Je crie:

— Guillaume! Y'est où papa?

Guillaume arrête d'avancer. Il n'ose toujours pas me regarder. Je n'ai pas le cran de m'avancer plus que ça ni de prendre Guillaume dans mes bras. Du coin de l'œil, je vois la silhouette du bonhomme de neige. Pendant une fraction de seconde, j'ai cru que c'était quelqu'un d'immobile qui nous observait.

Non! Non! Par pitié, non!

Je n'entends pas Guillaume pleurer, mais ses épaules tressautent de douleur.

— Guillaume, s'te plaît, Guillaume, dis-moi qu'il est correct, s'te plaît, dis-moi...

Mon frère me regarde comme si j'étais un mirage, son visage est gommé de larmes et de morve. Le temps d'une seconde, d'une seule seconde, je ne reconnais pas Guillaume. Son visage me semble inconnu, complètement déconstruit.

Non, c'est lui, c'est mon frère.

Guillaume ouvre ses grands bras. Je me réfugie dans son manteau glacé. Il me chuchote à l'oreille:

— Pa' est mort.

La vieille dame au manteau beige apparaît derrière Guillaume et me serre les doigts.

Sa main est tellement chaude.

— Mes condoléances... Votre frère faisait du pouce devant l'hôpital Santa Cabrini, je l'ai embarqué... il fait tellement froid dehors.

Santa Cabrini, c'est une joke esti.

Le menton accoté sur l'épaule de Guillaume, je ne peux pas m'empêcher de penser aux ambulanciers qui ont choisi cet hôpital pour y transporter mon père. Je pense à Seinfeld. Je pleure en regardant la dame. Je ne suis pas capable de distinguer les traits de son visage. Tout ce que je vois, c'est une silhouette qui me tient par la main. Les phares de sa voiture éclairent une partie de la neige sur le terrain d'en avant. Guillaume grelotte dans mes bras, pourtant c'est lui qui porte un manteau. On est figés ensemble sur le chemin d'asphalte qui mène à notre immeuble. Les petites roches pour déglacer le trottoir me rentrent dans les genoux. Je me sens seul au monde dans les bras de Guillaume. En silence, j'essaie de m'enfuir loin dans ma tête. J'aimerais revenir dans le temps, j'aimerais refuser l'invitation de Mégane. Peut-être que mon père serait encore vivant si je n'avais pas été chez Mégane ou si j'étais parti avant d'écouter *La Matrice*.

Il faut que je parte d'ici, il faut que je parte d'ici...

Je pense à une blague d'hôpital que je connais par cœur. Je ne sais pas pourquoi je pense à ça en ce moment. Je me la répète cinquante fois pour essayer de me réchauffer dans les bras glacés de Gui.

Le docteur sort de la chambre d'un malade, il se penche vers sa femme et lui dit : « J'ai de mauvaises nouvelles, il va vous falloir du courage ! » et la femme répond : « Pourquoi, il est sauvé ? »

32

Guillaume sort de la douche. J'ai mis des vêtements chauds, mais je n'ai pas la tête à me laver. Je confirme une course Uber pour l'hôpital Santa Cabrini. Guillaume est en t-shirt et en bobettes. Il est blafard et semble aussi fragile qu'une plume malgré sa corpulence. Il me questionne du regard.

— On va à l'hôpital.

Guillaume me fait signe que non de la tête.

— Je retourne pas là.

— Il faut que je voie Pa'... je te laisse pas tout seul ici.

Guillaume s'assoit à la table de cuisine et regarde ses cuisses :

— Je suis fatigué, Louis, faut que je dorme.

Je perds un peu patience :

— Moi aussi, je suis fatigué, Gui. Mais je dois voir Pa'.

Guillaume a les yeux rouges.

— Pa' est mort, Louis...

Je surveille la petite voiture virtuelle sur l'écran de mon téléphone cellulaire.

— Louis...

— Gui, câlisse, je veux voir Pa', j'ai pas le choix.

Guillaume se lève et s'enferme dans sa chambre.

Qu'est-ce qui crisse, lui ?

J'ouvre la porte, il est allongé dans son lit.

— Guillaume, câlisse, arrête de niaiser, le taxi s'en vient !

— J'y vais pas.

Je serre les dents. Sur l'écran de mon cellulaire, le taxi arrive dans deux minutes.

— Guillaume, par pitié, faut que tu viennes avec moi.

— Ça me tente pas, je suis fatigué.

Je donne un coup de poing dans le mur de sa chambre. Un coup de poing directement dans la face d'Eminem. Gui a peur, il s'assoit sur son lit. Ses yeux sont immenses.

— Pourquoi t'as fait ça?

Je redonne un deuxième coup de toutes mes forces dans le mur. Je fais un trou de la grosseur de mon poing. Je hurle:

— Tu vas venir avec moi, tabarnak! J'ai besoin de toi!

Le temps semble suspendu. Je ne sens plus ma main droite.

— T'étais où?

Je me sens pris au dépourvu.

— Pourquoi t'es pas revenu hier soir?

J'empoigne mon cellulaire de toutes mes forces. J'aurais envie qu'il explose dans ma main.

— J'étais chez une collègue, j'écoutais un film.

Guillaume ne semble pas comprendre ce que je dis, comme si je lui avais parlé en espagnol.

— Ç'a fini tard... je me suis endormi sur son divan... quand je suis revenu à la maison, ton cellulaire était dans ta chambre.

Guillaume se gratte la nuque:

— C'est allé vite, j'ai pas pensé à mon cellulaire.

Je serre les dents, j'essaie de ne pas pleurer.

— Je suis allé dans trois hôpitaux... pourquoi Santa Cabrini?

Guillaume n'a pas de réponse.

— Guillaume... qu'est-ce qui s'est passé ?

Le taxi est arrivé mais je m'en fous. J'attends une réponse, je veux une explication.

— Pa' a dormi toute la soirée. Il allait bien, je me suis couché vers minuit... pis je me suis levé vers 4 h pour aller pisser... t'étais pas là.

Les larmes me montent aux yeux.

— Je suis allé voir comment Pa' allait... je l'ai trouvé par terre... j'ai allumé la lumière, je l'ai brassé, je voulais qu'il se réveille... Y avait de la pisse dans le lit... je me suis dit qu'il s'était levé parce qu'il voulait changer son pyjama... ou venir me réveiller pour que je change les draps de son lit...

D'énormes larmes coulent sur les joues de mon frère.

— Je m'excuse, Gui... Je m'excuse tellement, Gui...

Guillaume s'accroche à mon chandail. Entre deux san-glots, il réussit à me murmurer :

— Le sang à terre... il est tombé, y'était tout seul dans son sang...

On pleure tous les deux. J'ai la poitrine en feu. Ma face est en sueur, j'ai les cheveux complètement trempés. Je me demande pendant combien de temps cette douleur va me gruger le corps. Dehors, j'entends des coups de klaxon.

— Je sais que t'as pas envie... mais je pourrai pas conti-nuer à vivre si je vois pas le corps, Gui.

Il enfile un pantalon. Je vais dehors, j'avertis le chauf-feur que j'arrive dans une minute. Je rentre chercher mon manteau, Guillaume sort de l'appartement avec ses bottes d'hiver. Il est en t-shirt.

— Gui, mets ton manteau.

Guillaume revient, il met son manteau. Je ferme la porte, j'essaie de trouver la clé dans mon trousseau pour la barrer mais je vois flou. Je barre pas la porte.

Fuck off, on se fera voler.

On monte dans le taxi. La même ostie de chanson.

«FILLE EN HAUT! FILLE EN BAS! FILLE, FILLE, FILLE, FEMME, FEMME, FEMME, FEMME AUSSI PIS LA BOTTINE-TINE-TINE RIGOLAIT HA HA!»

Je demande au chauffeur s'il peut fermer la musique. Il me regarde d'un air bête.

— On va où?

— Santa Cabrini.

«SON P'TIT PORTE-CLÉ TOUT ROUILLÉ, TOUT ROUILLÉ...»

Le chauffeur ferme la radio. Guillaume craque ses doigts. Les lumières des lampadaires éclairent par intermittence son visage.

— Le corps de Sylvain est où dans l'hôpital?

Guillaume hausse les épaules. Le chauffeur m'observe dans le rétroviseur. Je demande à Gui:

— À quelle heure il est mort?

Il me regarde comme si je parlais en espagnol.

— Gui! Le médecin, quand est-ce qu'il a signé l'acte de décès?

— Ah, ouin, un monsieur a rempli un papier et il m'a dit que Pa' était mort.

— Quand ça?

— Tantôt.

— À quelle heure, Gui, dis-moi vers quelle heure il a signé le papier!

Guillaume se gratte la tête et essuie ses yeux à deux mains.

— Je sais pas, Louis, je sais pu.

Calme-toi, c'est pas de sa faute.

— La vieille madame qui t'a lifté jusque chez nous, ç'a pris combien de temps avant qu'elle te fasse embarquer dans son char quand t'es sorti de l'hôpital?

Le taxi tourne à droite sur la rue Dickson. Guillaume réfléchit:

— Ç'a pas été long... je suis sorti pis au bout de dix minutes, j'étais dans son char...

Je suis un peu soulagé. J'accote ma tête sur la banquette et je ferme les yeux.

J'ai encore une chance de voir Pa', y'est pas trop tard.

Le boulevard Lacordaire est congestionné. J'ouvre l'écran de mon cellulaire pour voir l'heure et notre position sur le GPS. Un panneau indique la rue Beaubien Est.

— On va descendre ici.

Le chauffeur me dévisage dans son rétroviseur:

— Vous ne pouvez pas, monsieur, on n'est pas arrivé.

— Oui oui, on est arrivé, on descend ici!

Le chauffeur soupire et confirme la fin de la course en plein milieu de la rue. J'ouvre la portière.

— On va courir, OK, Gui? On est juste à côté, suis-moi.

Je cours sur le trottoir, je glisse sur une petite plaque de glace noire, mais je ne tombe pas. Je me retourne, Gui a du mal à me suivre.

— Je t'en supplie, Gui, cours!

On fait du jogging. Guillaume respire fort. On court jusqu'au coin de Saint-Zotique, on tourne à gauche et on

fait de la marche rapide. Gui est brûlé, il tousse. Je continue de courir seul. Je tourne à droite sur la rue de Pon-
toise, je me rends directement aux urgences. Je dépasse
tout le monde. Un agent de sécurité me fait savoir que je
ne peux pas faire ça, mais je m'en fous :

— Je veux voir mon père ! Y'est mort pis je veux le voir
avant qu'on l'amène à la morgue !

Tout le monde me fixe en silence dans la salle d'attente
de l'urgence. Une femme derrière le comptoir me demande
de venir la voir. Elle met en attente un adolescent qui a le
bras cassé. Je m'approche :

— Mon père est décédé pis je veux le voir s'il vous
plaît.

Elle pianote sur son clavier, essaie de trouver l'information, sûrement dans la rubrique « papa mort ». Elle me
demande le nom de mon père.

— Sylvain Bouchard.

Elle prend son temps et s'approche de son écran d'ordinateur pour bien voir l'information.

— Il n'y a pas de Sylvain Bouchard ici, monsieur, je suis
désolée.

Je vais crier, je vais me battre, je vais me battre avec
tout le monde dans la salle d'attente s'il le faut.

Je regarde derrière moi. Guillaume n'est toujours pas
arrivé.

Qu'essé qui câlisse ?

— Écoutez, y a à peine une heure et demie, mon frère
était ici. Le médecin lui a confirmé le décès de mon père.
Je sais pas où vous avez mis mon père, mais je veux le
voir !

La femme derrière le comptoir ajuste ses lunettes et fait une moue désolée. Elle est calme et posée.

— Votre père est probablement quelque part, monsieur, mais pas dans mon ordinateur, malheureusement.

Elle me niaise. Elle me niaise, c'est sûr.

— Non, vous comprenez pas... Je veux voir mon père. Je vais aller à la morgue pis ouvrir votre frigo s'il le faut, mais je veux voir mon père, tabarnak!

Un immense silence traverse l'urgence. Une autre femme arrive, une infirmière peut-être. Elle me demande ce qui se passe. Je morve, je suis sur l'adrénaline.

— Mon père est mort, le corps est ici pis je veux le voir!

Quelqu'un me touche l'épaule, c'est Guillaume. Il sue, il respire fort. Il tente de reprendre son souffle mais a de la difficulté. Je pointe mon frère, je crie :

— Regardez, c'est mon frère! Y'a vu le cadavre de mon père pas plus tard qu'il y a une heure icitte! Je veux voir mon père!

L'infirmière s'avance très près de la vitre en plexiglas.

— Monsieur, calmez-vous, mettez-vous sur le côté ici... je vais aller vérifier et je reviens.

Guillaume me serre l'épaule. De la bave coule sur mon menton.

— Si je peux pas voir Pa', je vais casser quelque chose Gui, je te le jure.

Je regarde autour de moi. Je vois une poubelle en plastique.

— Je vais détruire cette estie de poubelle-là, je vais la détruire à coups de pied, Gui.

Guillaume ne sait pas où se placer.

L'infirmière revient un instant plus tard, elle me dit que le corps de mon père est toujours dans une chambre aux soins intensifs. Elle me fait signe de l'accompagner.

Merci, mon dieu, merci dieu, je t'aime dieu, crisse.

Je marche lentement. Je vois des points noirs, je ferme les yeux quelques secondes.

Esti, c'est pas le temps de perdre connaissance, wake up !

Je me sens dans une autre dimension. Tout ce que je suis capable de faire, c'est d'observer le dos de l'infirmière qui m'indique le chemin pour me rendre jusqu'à la dépouille de mon père. Je remarque une mèche blonde qui virevolte. On dirait une plume qui danse sur sa tête. L'infirmière s'arrête sans m'avertir devant une salle vitrée. Elle fait glisser une porte coulissante vers la droite. Elle tire un peu le rideau pour nous faire entrer. Sylvain est allongé sur le dos dans un lit. Un drap blanc et bleu le recouvre de la tête aux pieds. Je suis étrangement choqué de voir un vieux drap d'hôpital recouvrir la tête de mon père. L'infirmière descend le drap jusqu'aux épaules de Sylvain. C'est lui. Je vois une blessure à sa tête.

— Il est mort pourquoi ?

Ma phrase n'a aucun sens, mais l'infirmière comprend ce que je veux dire. Elle prend un moment et m'explique avec douceur :

— Votre père est mort d'une insuffisance cardiaque...

Je me retiens pour ne pas brailler. Guillaume est dans la salle, son regard ne décolle pas du rideau, il est incapable de voir une fois de plus Sylvain dans cet état. L'infirmière m'observe en silence puis finit par dire :

— Voulez-vous que je vous laisse un peu de temps avec lui ?

Sa voix est tellement mélodieuse et apaisante. Je hoche la tête pour accepter sa proposition et elle disparaît. Je m'approche de mon père. J'ai peur. Je n'ose pas le toucher ni le regarder trop longtemps. Gui fixe toujours le rideau. Il n'est pas bien. J'observe Sylvain de longues secondes. La couleur de sa peau a déjà changé, il est blanc, presque gris. Tous ses muscles faciaux semblent crispés. Je m'attendais à ce qu'il soit plus détendu que ça. Je m'attendais à le voir très beau et lumineux comme dans les films. Je réalise de plus en plus que mon père est mort. Je me penche vers lui, je colle mon front sur sa joue. Sa peau n'est ni froide ni chaude.

— Je t'aime, Pa'.

Je ne bouge pas, je reste comme ça de longues secondes. Mes jambes tremblent.

— Protège-nous, s'il te plaît... protège Guillaume surtout, s'il te plaît...

Mon frère sort le premier, je le suis. L'infirmière nous escorte en silence jusqu'aux urgences, puis elle disparaît. Je retrouve la poubelle en plastique. Je la prends.

— Qu'esse tu fais ?

Je marche en tenant la poubelle par la poignée jusqu'à l'entrée. L'agent de sécurité n'est pas là, il n'y a personne. Je sors dehors avec la poubelle, Guillaume me suit de très près, il sourit comme un illuminé. Je lui retourne un sourire mêlé de rage et de tristesse. Je lance la poubelle dans la rue. Une centaine de petits déchets volent dans les airs et s'étalent sur l'asphalte gelé. Je donne des coups de pied dans la poubelle en hurlant. Je suis déchaîné. La poubelle glisse dans la rue comme si elle avait des patins. Guillaume court et la tient comme un punching bag. Je lui donne des coups de poing.

— C'est à mon tour.

Je prends la poubelle. Les coups de Guillaume sont puissants. La poubelle finit par se fendre. Je crie comme un fou furieux. Guillaume kicke les déchets éparpillés dans la rue. Je l'aide à botter des gobelets à café, des bouteilles en plastique et des morceaux de sandwich. Je commande un Uber pour retourner à Pointe-aux-Trembles. Guillaume n'arrête pas de gueuler. Je mets mon bras autour de sa nuque. Je gueule de rage avec lui. Je cherche la lune, mais je ne la trouve pas. Elle est peut-être derrière un nuage. Elle est peut-être à côté d'une vieille napkin sous nos pieds.

33

Je me réveille tôt. J'ai la bouche pâteuse. J'ai l'impression d'avoir la gueule de bois. Le soleil est gossant et je me souviens que je suis en deuil. Je vais dans la chambre de Sylvain. Son ventilateur marche toujours dans le coin de la pièce. Il projette toujours sa petite lumière bleue sur le mur près du lit. Je n'ose pas l'éteindre. C'est comme si Sylvain respirait toujours un peu par le ventilateur.

Je l'éteindrai jamais.

Je fais le tour de l'appartement. Tout est tellement silencieux. J'ai hâte que Guillaume se réveille et qu'il fasse jouer son rap. Je vais dans la chambre de Sylvain toutes les quinze minutes pour voir la lumière bleue. Je remarque que son cellulaire clignote sur sa table de chevet.

Shit, c'est Carole.

Je n'ose pas répondre. Je ne veux pas m'occuper de ça ce matin. Je vais dans la cuisine et je me fais deux toasts à la confiture de fraise. Je dois trouver un salon funéraire qui peut s'occuper de mon père. Il y en a un dans notre coin, j'imagine qu'il y en a partout. J'imagine qu'il y en a dans tous les quartiers.

C'est comme les dépanneurs, c'est important.

Je visite leur site internet. Ils sont situés près du beau boisé où j'aime faire du jogging. Je clique sur « Contactez-nous ». Je peux les appeler ou les contacter par courriel. Je n'ai pas envie de parler à quelqu'un. Je vais gérer les funérailles de mon père par courriel.

Ça va m'empêcher de pleurer au téléphone.

J'écris mon nom, mon adresse courriel et mon télé-phone. Dans la section commentaire, j'écris : « Mon père est mort hier. Il s'appelle Sylvain Bouchard. Il est à l'hô-pital Santa Cabrini. Pouvez-vous aller le chercher, s'il vous plaît ? Merci. » Je termine de manger ma deuxième toast aux fraises en regardant la lumière qui passe par les fenêtres. Toute la neige sur le balcon a fondu. Ça fait des petits ruisseaux partout. Je vais voir par la fenêtre du salon, le bonhomme de neige fond. Il fond de la tête. Son pénis est tombé. Ça me fait vraiment chier. Je mets mon manteau et mes bottes. Dehors, je ramasse de la neige à mains nues. Je la colle méthodiquement. J'essaie du mieux que je peux de grossir sa tête, mais c'est difficile. Le soleil est trop fort ce matin. Je serre les dents.

Tu crèveras pas toi aussi, mon tabarnak!

Je retourne dans l'appartement, j'ouvre le placard de l'entrée et je prends le parapluie pour en faire un parasol que je plante dans le dos du bonhomme. Ça lui fait un peu d'ombre.

Y a pas de vent, ça tient, c'est parfait.

Je me dépêche de prendre le plus de neige que je peux dans mes bras. J'en mets tout autour du bonhomme. Je lui fais une très grosse tête. Je ris nerveusement. Il est tellement laid, mais au moins il est encore là. Guillaume sort avec mon téléphone à la main.

— Louis, c'est le salon funéraire!

Je suis trop concentré à faire le bonhomme.

— Dis-leur que je vais les rappeler.

Guillaume ne parle pas. Il me fixe en silence.

Y me lâchera pas.

Je travaille méticuleusement la tête du bonhomme pour qu'elle soit plus ronde et propose:

— Occupe-toi-z'en, Gui!

Il est surpris par mon offre.

— Je suis pas capable, je sais pas quoi dire.

Je ramasse de la neige à deux mains, j'en mets autour de la carotte-pénis pour qu'elle tienne bien.

— T'as rien à dire. Fais juste répondre aux questions pis dire oui.

Crisse, la neige colle pas.

Gui me fixe toujours.

— Y'est où ton portefeuille?

Je continue mon œuvre. Ça me fait du bien. Il faudrait que je fasse d'autres bonhommes, peut-être toute une famille de bonhommes, avant qu'il n'y ait plus de neige sur le terrain. Je remarque l'arbre sur lequel Sylvain était accoté. L'écorce est épaisse. Je m'assois exactement dans la même position que Sylvain.

C'est là qu'il est tombé sur le côté en riant.

Je me laisse glisser sur le côté. J'appuie ma tête contre la neige. Je ferme les yeux. Je reste dans cette position-là un bon moment. Je ne sens plus mes doigts. Je retourne dans la maison. C'est silencieux.

— Pourquoi tu mets pas ta musique?

Gui est dans la cuisine. Devant lui, il y a trois téléphones posés sur la table de jardin.

— Parce que Pa' est mort.

Je m'assois à côté de lui.

— C'est quoi le rapport?

Gui soupire.

— Ça me tente pas, Louis, c'est tout.

— Moi ça me tente... ce serait moins glauque icitte!

Le téléphone de Sylvain reçoit un texto. C'est Carole. Guillaume prend le cellulaire et lui écrit quelque chose.

— J'ai parlé à Carole... elle a pleuré en sale...

Je ne réponds pas. Je passe ma langue sur l'intérieur de ma joue.

— Elle vient de m'écrire qu'elle a un cadeau pour moi... elle va venir me l'apporter.

— Aujourd'hui?

— Peut-être...

— Câlisse, je veux voir personne, ça me tente pas de brailler, je suis vidé.

Guillaume ne répond rien. Le téléphone sonne encore, Gui sourit un peu.

— Qu'esse qu'y a?

— Pa' vient de recevoir un message sur Tinder.

Je ricane un peu. Je fais semblant que Sylvain est encore en vie.

— Bon... checke ben ça, y va tromper Carole.

Gui me regarde en pinçant les lèvres.

— Tu peux pas dire ça, Pa' vient de mourir.

— T'imagines Pa' qui trompe à tout vent au ciel pendant que Carole pleure ici?

Guillaume est découragé par ce que je viens de dire. Mais il n'est pas capable de s'empêcher de rigoler un peu.

— T'es trop con.

— Je sais.

Un silence plane dans l'appartement. Soudainement, j'ai peur. Je cours dans la chambre de Sylvain. Je crie:

— Non... Guillaume! T'as éteint le ventilateur?

— Ouin, pourquoi?

— Gui, crisse, tu pouvais pas faire ça!

— Pourquoi?

— Parce que, crisse! C'était le souffle de Pa'!

Guillaume ne comprend rien. Au même moment, il reçoit un texto:

— C'est Carole... elle viendra pas aujourd'hui.

Je repars le ventilateur. Je fixe la lumière bleue.

Excuse-le, Pa'. Y savait pas.

34

— As-tu le Bad Monkey ?

Gui est dans le cadre de ma porte. Je plisse les yeux. Je remarque qu'il porte des lunettes de soleil.

— Qu'esse tu fais avec des lunettes de soleil dans' maison ?

— Mal aux yeux...

Je suis allongé sur le dos. Mon laptop sur le ventre, j'écoute Ronny Chieng se déchaîner sur l'Amérique toute puissante. Ronny est sur pause. Il me regarde la bouche ouverte. J'ai des miettes de pop-corn sur mon chest. Mon chandail est plein de poussière jaune. Guillaume aperçoit le gros sac vert de pop-corn Bad Monkey.

— Peux-tu me donner le sac ? J'en veux aussi...

Je prends une grosse poignée que je mets dans mon lit et je lui tends le sac.

— Tu portes-tu des lunettes parce que tu pleures trop ? Il prend le sac.

— Non, j'ai trouvé ces lunettes-là dans le tiroir à Pa'... je les trouve juste belles, c'est tout.

Je mange du pop-corn, je rase de m'étouffer. Je me redresse un peu.

— C'est vrai qu'elles te font bien.

Gui sourit et quitte la chambre. J'appuie sur la touche espace de mon clavier, Ronny continue de parler dans le micro. Entendre les rire de tous ces gens me donne soudainement mal au cœur. Je ferme mon laptop. Une fine neige tombe. Je vais dans le salon, je remarque que le bonhomme n'a plus son parasol.

Quelqu'un a volé le parapluie, esti de bande de rapaces.

Je me sers un verre de jus. Je vais voir Gui dans sa chambre. Il mange du pop-corn avec ses lunettes de soleil devant son ordinateur. Il regarde une femme sur YouTube en train de donner des conseils pour être végane.

What the fuck.

Je bois une gorgée de jus.

— Tu veux être végane ?

Gui ne se retourne pas et continue à se fourrer du pop-corn dans la bouche.

— Peut-être...

— Fais que va falloir que je bouffe toutes les boîtes de Bagel Bites que je t'ai achetées ?

Guillaume se retourne, il arrête de mastiquer. Il me regarde avec ses lunettes de soleil. Il est très sérieux.

— C'est quoi le rapport ?

— Un végane, ça mange pas de viande ni de fromage... pis je t'ai jamais rien vu manger d'autre depuis que t'es né.

Guillaume réfléchit, il tient le gros sac de pop-corn dans ses bras comme s'il tenait un nouveau-né.

— C'est juste que j'ai vu que le Bad Monkey, c'est du pop-corn végane...

J'essaie de faire les liens dans ma tête, mais je n'y arrive pas. Je bois une gorgée de jus. Gui réfléchit à voix haute :

— Le pop-corn est super bon même si y'est végane... peut-être que ça nous ferait du bien d'être véganes, non ?

Pour lui faire plaisir, je réfléchis deux secondes.

— Non... pas vraiment. Je veux continuer à manger du cheese.

Je sors de sa chambre, Gui me suit avec ses lunettes de soleil.

— Louis, j'ai vu qu'on exploitait les animaux...

Je cale mon verre de jus.

— Louis, je veux pas faire mal aux animaux...

— Gui, esti, on deviendra pas véganes. Ça coûte cher pis c'est pas bon.

— Ça coûte pas cher, Pénélope, dans ses vidéos, elle dit que c'est un mythe.

Oh my god, tuez-moi à coups de marteau.

— Gui... t'as-tu déjà mangé une pomme ?

— Ben oui !

— Non, Gui, t'as jamais mangé de pomme !

— J'ai déjà mangé une pomme !

— Non, t'as jamais mangé de pomme. T'as bu du jus de pomme en crisse, mais t'as jamais mangé le fruit parce que j'ai jamais acheté de pomme pis que Pa' en a jamais acheté non plus quand on était jeunes !

Gui réfléchit fort derrière ses lunettes de soleil.

— Ça se peut pas... faut que t'ailles en acheter, Louis.

— Non, je sors pas aujourd'hui.

— Louis ! Va acheter des pommes, s'te plaît !

— Je suis allé à l'épicerie hier, je t'en achèterai la prochaine fois !

Guillaume enlève ses lunettes de soleil et me regarde intensément :

— Louis, j'ai jamais mangé de pomme, c'est sérieux, va m'acheter des pommes...

Soudainement, des coups à la porte. Je vais ouvrir. Mégane est devant moi. Elle porte une casquette du Tim Hortons et je devine que sous son manteau elle porte aussi le chandail. Je sais pas quoi dire. Elle semble anxieuse et me regarde avec pitié.

— Je viens te rejoindre dans deux minutes dehors.

Guillaume arrive juste derrière mon épaule avec ses lunettes de soleil.

— Salut, moi, c'est Guillaume.

Mégane sourit. Son sourire est rempli de mélancolie.

— Salut, Guillaume, moi c'est Mégane. Ça va bien ?

Guillaume se gratte la tête.

— Pas vraiment, je viens d'apprendre que j'ai jamais mangé de pomme.

Mégane n'est pas trop sûr de comprendre.

— Meg, je viens te rejoindre dans deux...

Je ferme la porte. Je regarde mon frère avec exaspération. Je mets mes bottes et mon manteau d'hiver. Guillaume se met une poignée de pop-corn dans la bouche.

— C'est elle, ta collègue ?

Je fais un petit signe de la tête à Gui et j'ouvre la porte pour sortir.

— J'aime ses cheveux mauves... peux-tu lui dire que j'aime ses cheveux ?

— Oui, Gui, je vais lui dire.

Mégane fixe la carotte du bonhomme de neige. Elle semble super stressée, je ne l'ai jamais vue comme ça.

— Ça va... ?

— Louis ! Ça fait trois jours que j'essaye d'avoir de tes nouvelles...

Je regarde le sol. Il y a deux pouces de neige sur le terrain.

— Louis?

J'ai la gorge brûlante.

— Mon père est mort.

Mégane met ses mains sur son visage.

— C'est de ma faute... je suis tellement désolée, Louis, je m'excuse tellement, Louis...

Sa voix est cassée, désemparée. Je la prends dans mes bras. Ses cheveux sentent la fraise.

— Arrête ça tout de suite, pour vrai...

Des larmes coulent sur mes joues. Elles glissent jusqu'à mes lèvres. Je réalise que mes lèvres sont gercées et très sèches.

— Oh, mon dieu...

— Non, arrête, Meg... c'est pas de ta faute. Mon père était malade.

Mégane me sert de toutes ses forces.

— Tu l'avais senti...

Je me décolle un peu de Meg, je lui prends le visage à deux mains:

— Ma chum... je regrette pas d'être allé chez vous. Ça faisait longtemps que j'avais pas ri de même...

Je lui fais une longue accolade. Guillaume nous regarde par la fenêtre avec ses lunettes de soleil. Je souris en le voyant.

— Retourne-toi pas tout de suite... mon frère nous regarde par la fenêtre.

Mégane se décolle un peu, prend le temps de me dévisager avec tristesse. Puis, elle se tourne vers la fenêtre et éclate de rire. Elle enfouit sa face dans mon manteau.

— On dirait un espion...

Je ris.

— Tellement.

Mégane m'observe en silence.

— Inquiète-toi pas pour moi, Meg... je vais bien, je suis avec mon frère. On est décrissés... mais on est ensemble.

— T'es beau. Ton frère est chanceux de t'avoir dans sa vie.

Je regarde le bonhomme de neige bandé.

— Faut que j'aille travailler... est-ce que je peux en parler à Suzanne ? Elle va comprendre... tout le monde te cherche depuis trois jours à la job.

Une petite bourrasque glacée nous fouette le visage, je lève un peu la fermeture éclair de mon manteau.

— J'ai pas le cœur d'aller vendre des beignes en ce moment...

Meg sourit en s'éloignant.

— Je te comprends...

Elle ouvre la portière de sa vieille Mazda. Gui est immobile comme une statue et regarde Meg partir.

— Heille ! Mon frère aime tes cheveux ! Y voulait que je te le dise.

Mégane rit. Elle envoie un baiser au vent à Guillaume et entre dans sa voiture. Gui a la bouche ouverte derrière la fenêtre, complètement ébahi avec ses lunettes de soleil. Il lui envoie la main.

Tin, y va peut-être me lâcher avec son histoire de pomme.

35

— Gui, c'est prêt!

J'égoutte les pâtes, je les mets dans le chaudron. Je brasse la sauce bolognaise avec une petite cuillère. Guillaume arrive à la table avec ses lunettes de soleil.

— Penses-tu que tu peux les enlever? Chaque fois que j'te parle j'ai l'impression de dealer de la coke.

Gui enlève ses lunettes.

— Thanks...

Je sers deux assiettes de spaghetti. Je m'assois et je réalise que je n'ai pas sorti les ustensiles. Je me lève et j'ouvre le tiroir. Il reste seulement quatre couteaux à steak.

C'est ben weird, on en avait au moins une dizaine...

Je m'assois, je donne une fourchette à Gui et lui demande à la blague:

— Tu vends-tu les couteaux? Y disparaissent...

Guillaume coupe ses pâtes.

— Y avait plein de rouille sur les autres...

Je prends une bouchée.

— T'es as jetés?

— Ouin.

— Voyons, Gui, y'étaient encore bons, ces couteaux-là.

Guillaume ose pas me regarder. Il prend une bouchée:

— Je m'excuse...

Je bois une gorgée d'eau.

— C'correct.

Pour changer de sujet, Gui me demande:

— Heille... tu penses-tu que l'eau du fleuve est gelée?

— Pourquoi tu me demandes ça?

— Comme ça...

Je réfléchis.

— Non, y'est pas gelé... je suis passé devant hier ou avant-hier... y a pas de glace.

Guillaume semble légèrement rassuré, il mange soudainement avec un peu plus d'appétit. Je regarde le plafonnier, la lumière est crue.

Il faudrait vraiment que je change les ampoules pour un blanc chaud.

Je réfléchis.

— Je pense que je vais retourner à la job demain... faut que je travaille, sinon on n'y arrivera pas avec le loyer pis l'épicerie...

Guillaume a déjà presque englouti toute son assiette de pâtes. Il a la bouche pleine, il m'annonce tout bonnement:

— OK, mais demain, c'est les funérailles.

— Hein? Ben là! Ça te tentait pas de me le dire?

What the fuck qu'il me shoote ça de même, la bouche pleine!

Gui lève la tête et me regarde, surpris:

— Ben tu le savais, non?

Il a de la sauce sur le bord de la bouche.

— Non, Gui, je le savais pas!

Guillaume cale son verre de jus d'orange.

— Je me suis occupé de toutte, comme tu m'as demandé.

Guillaume remet ses lunettes de soleil, se lève avec son assiette vide jusqu'à l'évier et fait sa vaisselle.

Je lui ai vraiment garroché ce dossier-là.

— Heille, Gui...

Mon frère m'observe à travers ses lunettes.

— Je suis fier de toi. Merci d'avoir géré les funérailles de Pa'.

Guillaume lève son pouce en l'air puis se réfugie dans sa chambre. Je lève mon pouce un peu trop tard, Guillaume ne me voit pas. Il a déjà disparu. Je garde mon pouce levé comme ça de longues secondes en fixant le vide. Je pense à Sylvain qui aurait ri de moi s'il avait vu ça.

C'est sûr qu'il serait mort de rire.

36

— C'est-tu correct, Louis ?

Il est très tôt. C'est la plus grosse tempête de neige que je n'ai jamais vue de ma vie. Je termine de manger un petit bol de céréales. J'ai mal au cœur. Gui a mis les pantalons blancs et la chemise rose de Sylvain.

— Ben non, Gui... tu peux pas porter ça.

Les vêtements de Sylvain sont trop petits pour Guillaume. Les boutons de sa chemise semblent prêts à exploser. Les pantalons sont hyper moulants, il n'a pas pu attacher le bouton ni les zipper.

C'est ridicule.

— T'as de l'eau dans' cave avec ça...

Gui se regarde avec ses lunettes de soleil devant le miroir.

— C'est pas si pire.

Je dépose le bol dans l'évier. Je prends une bonne inspiration.

— C'est des funérailles... faut être en noir. Habillé de même on dirait que tu t'en vas à un mariage.

Guillaume reste stoïque. J'ajoute:

— Ou dans une discothèque, genre.

Gui réfléchit puis lâche, solennel:

— C'est un hommage.

— Je comprends ce que tu veux faire, mais... je suis pas sûr, Gui.

Guillaume se regarde les manches.

— Les vêtements noirs, ça me déprime... ça, c'est lumineux.

Bon, y changera pas d'idée.

Je prends la guenille qui traîne près de l'évier et j'essuie les gouttelettes d'eau sur le comptoir.

— OK, Gui, t'as raison, c'est lumineux.

Guillaume sourit.

— Ouin, c'est lumineux.

— Je m'habille pis on part. Le bus passe dans vingt-cinq minutes, faut pas le rater.

J'enfile un pantalon et une chemise noire. Je regarde mon look.

C'est vrai que c'est déprimant.

Guillaume est dans l'entrée.

— Tu mets pas ton manteau?

Gui me fait signe que non.

— Ça va gâcher mon arrivée aux funérailles si je mets un manteau...

Je regarde dehors, il neige tellement fort qu'on ne peut plus voir les immeubles de l'autre côté de la rue.

— Checke dehors... y neige en crisse...

— Pas grave.

— Guillaume, man... mets ton manteau, sérieux, tu vas geler.

Guillaume s'approche de la fenêtre du salon et analyse la situation. Il se retourne :

— Je vais être correct, Louis... j'ai le sang chaud.

Par pitié, aidez-moi.

— On fait un deal. J'achète de la pizza à soir pis tu mets des bottes pis un manteau ?

Le visage de Gui est impénétrable avec ses lunettes de soleil.

— OK.

Dehors, c'est vraiment la folie. Le vent est déchaîné. Il y a des buttes de neige qui sont apparues un peu partout. Je crie :

— Suis-moi, Gui.

On sort de la 24e Avenue pour tourner à gauche sur Notre-Dame. Chaque pas est difficile comme si on marchait dans une rivière avec de l'eau jusqu'aux genoux.

Câlisse que c'est ridicule.

Le 86 passe devant nous. Je cours mais Gui ne me suit pas. Il marche lentement à cause du vent et de la neige. Le bus s'arrête devant le CHSLD du Cardinal. Les portes s'ouvrent, quelqu'un sort. Je crie au chauffeur de ne pas repartir, je lui fais des signes avec mes bras. Je me retourne vers mon frère :

— Grouille, Gui !

Guillaume fait un petit jogging mais s'arrête aussitôt. Il a les lunettes pleines de neige.

— Louis, je vois rien !

— Ben enlève tes lunettes, esti !

Guillaume enlève ses lunettes et les mets dans sa poche de manteau. L'autobus repart.

Fuck.

Je regarde l'heure sur mon cellulaire en continuant à marcher.

On va arriver en retard.

Dans l'abribus, j'enlève mon capuchon. Guillaume essaie d'essuyer ses lunettes avec ses paumes.

— On peut prendre le 189 à' place... Il nous laisse juste de l'autre côté du boisé.

— Tu veux qu'on traverse la forêt ?

— C'est pas une forêt...

Oublie ça.

— Les chemins seront pas faits, Gui... as-tu vu la neige tomber ?

Guillaume reste silencieux. Il semble un peu anxieux.

— On va attendre une p'tite demi-heure pour le prochain bus... anyway, c'est pas comme si y avait du monde qui nous attendait.

Je m'assois sur le petit banc gelé de l'abribus.

— Ouin, ben... André va être là pis toute...

— Tu me niaises, là ?

Gui se détourne, un peu embarrassé.

— On sera pas juste tous les deux avec un célébrant?

Guillaume enlève de la neige sur l'une des manches de son manteau.

— Ben, j'ai invité la famille... c'est ça qu'il faut faire dans les funérailles, non?

— Gui, crisse! Tu le sais que j'aime pas André!

— Sur YouTube, j'ai vu que c'était important d'inviter tous les membres de notre famille par respect...

Oh my god!

— Guillaume! Pa' parlait même pu à André! Y s'haïssaient pour mourir!

— C'est quand même le frère à Pa'...

Je vois l'autobus au loin.

— Tu lui as écrit sur Facebook?

— Ouin...

Fuck.

— Les cousins vont sûrement être là aussi...

— Philippe pis Étienne ont dit qu'ils venaient?

— Ouin...

Mon cerveau roule à cent milles à l'heure. Je réfléchis à l'ambiance étrange qui nous attend. Des images d'un souper familial me reviennent en tête. André m'avait pris par le collet, il voulait me frapper, mais Sylvain l'avait retenu. Il avait ri de la maladie de Guillaume. Je lui avais répondu par une phrase super provocatrice sur Étienne, l'un de ses enfants. André s'était levé d'un bond et m'avait sauté dessus. Guillaume ne s'en souvient pas parce qu'il n'était pas là. Il était à l'hôpital, enfermé dans une chambre.

On n'a pu le choix de prendre le 189.

Les portes de l'autobus s'ouvrent. J'entre en premier, je paye pour Gui. Je m'assois sur le premier banc en avant du bus. Guillaume s'assoit à côté de moi :

— T'es fâché ?

— J'aurais aimé que tu m'en parles avant...

Guillaume regarde par la fenêtre. Il se sent mal. Une vieille femme ouvre le coffre de sa voiture en bordure de la rue. Elle veut déblayer son char mais elle ne sait pas par où commencer. Je serre amicalement le genou de mon frère.

— J'suis pas fâché, Gui... t'as bien fait d'inviter la famille. T'as raison, ils ont le droit d'être là.

L'autobus parcourt lentement toute la rue Notre-Dame. La neige s'intensifie. Quand on descend en face du parc-nature de la Pointe-aux-Prairies, on est en retard de vingt minutes. Dans le parc, les chemins sont pas faits. La neige nous arrive aux genoux.

C'est l'enfer, j'aurais dû appeler un taxi.

On progresse lentement à travers le grand parc. Avec nos tuques, nos capuchons et le vent, c'est difficile de s'entendre. Guillaume me crie :

— LOUIS, J'AI LES CHEVILLES GELÉES !

Je regarde furtivement ses pantalons blancs trop courts :

— AU MOINS, T'ES LUMINEUX.

Guillaume rit. Le chemin est pas si long que ça habituellement, mais la tempête ne nous aide pas du tout. Je suis recouvert de neige. J'avance la tête baissée, je ne vois pas grand-chose devant moi. J'ai un moment d'hésitation, un bref moment où je me dis qu'on devrait retourner chez nous. Guillaume me dépasse, il ouvre le chemin pour moi. Je le suis de très près. Soudainement, il s'arrête :

— HEILLE, LOUIS, FAUDRAIT COUPER UN SAPIN ICI.

— POURQUOI ?

— POUR NOËL !

— CONTINUE D'AVANCER ! ON FÊTE PAS NOËL !

Guillaume se retourne, choqué :

— POURQUOI ?

Câlisse que c'est pas le temps d'avoir cette discussion-là.

— PARCE QUE PA' EST MORT... JE FEEL PAS POUR FÊTER NOËL... AVANCE, GUI !

Gui reste imperturbable, il a du du feu dans les yeux.

— ON N'A PAS LE CHOIX DE FÊTER NOËL !

— FUCK OFF !

— LOUIS, FAUT FÊTER NOËL !

Je reçois une tonne de flocons dans le visage. Mes cils sont gelés.

Je veux juste disparaître, faites-moi disparaître.

Guillaume ne bronche pas. Ses lèvres sont plissées. On se regarde en silence un long moment. Son regard est déterminé.

— OK, ON VA FÊTER NOËL, AVANCE !

— JURE-LE !

— HEIN ?

Guillaume s'approche de moi pour que je comprenne bien chacun de ses mots.

— PROMETS-MOI QU'ON VA FÊTER NOËL !

Fuck qu'il est lourd.

Je prends une bonne inspiration.

— JE TE PROMETS QU'ON VA FÊTER NOËL! C'EST BON?

Je ne l'ai jamais vu aussi heureux, pas même quand Sylvain était vivant.

37

— Salut André!

Guillaume est tout souriant et envoie la main au frère de Sylvain. André se retourne en me dévisageant. Il a tellement vieilli. Ses cheveux ont blanchi et il a une bonne bedaine. À côté de lui, je reconnais Philippe, mais Étienne est méconnaissable. Il a pris au moins cent livres.

My god, André pis Étienne se sont fait un sale trip de bouffe.

Je remarque qu'ils sont accompagnés de deux femmes. La rousse tient la main de Philippe, tandis que la blonde est assise sur une chaise et gosse sur son cellulaire.

— Excusez-nous pour le retard... on a raté notre bus.

André me tend la main:

— Mes condoléances, Louis.

Ses condoléances ne semblent pas sincères, on voit qu'il se force un petit peu. Il regarde Guillaume et répète la même chose:

— Mes condoléances, Guillaume.

Guillaume a les yeux pleins d'eau. Il prend André dans ses bras. Tout le monde est surpris, moi le premier. André caresse le dos de Guillaume, on sent dans tout son corps qu'il n'est pas super à l'aise. Puis, il se décolle :

— Y'est où Sylvain ? Vous l'avez incinéré ?

Je ne le sais même pas. Je n'ai posé aucune question à Guillaume depuis qu'il a pris l'appel avec le salon funéraire. Je regarde mon frère, un peu stressé. Guillaume regarde André :

— Ouin, on l'a fait *incimérer*.

Étienne pouffe de rire. Philippe sourit en regardant sa copine. La blonde est toujours concentrée sur son cellulaire.

André me regarde avec un air un peu condescendant :

— On devrait commencer.

J'acquiesce, j'enlève mon manteau, que je pose sur une chaise. Guillaume m'imite. Dans la salle, je ne vois pas l'urne ni la photo de mon père.

Y'ont sûrement pas encore eu le temps de préparer la salle...

Quand Gui enlève son manteau, il attire l'attention : chemise rose et pantalons blancs mouillés jusqu'aux genoux. Les cousins sourient méchamment, sauf André, qui observe Guillaume avec une pointe de découragement.

Je savais qu'ils me gosseraient.

Philippe et Étienne nous offrent à tour de rôle leurs condoléances. Les deux femmes ne bougent pas, elles font juste des petits signes de la tête. Elles n'ont pas envie d'être là.

Moi non plus.

Guillaume complimente Étienne.

— Wow, t'as changé, t'es rendu bâti...

Gui le pense pour vrai. Il ne voit pas la grosseur des gens, il n'est pas mesquin et ne pose jamais de jugement. Étienne le dévisage. Il pense que Gui le niaise.

— Ouais, toi, t'as pas changé... beaux pantalons en passant.

Guillaume est super fier :

— C'est les pantalons à mon père... sont un peu mouillés, sont moins beaux là... mais y vont finir par sécher.

— C'est sûr.

Ça fait à peine trois minutes qu'on est avec eux et je veux déjà qu'ils disparaissent de ma vue. Je sors de la petite salle pour les funérailles. Je croise quelques personnes, d'autres familles endeuillées. Je finis par trouver une employée. Je remarque sur la petite plaque accrochée à son chandail qu'elle s'appelle Tania. Je lui demande si on peut avoir l'urne de mon père.

— Votre nom ?

— Louis Bouchard. C'est pour mon père, Sylvain Bouchard.

— Ah oui ! Attendez-moi une seconde.

Elle demande à son collègue d'aller chercher la glacière. Je ne comprends pas trop. Je ne vois pas le lien tout de suite. L'homme dépose une glacière blanche à mes pieds.

— C'est quoi ?

Les deux employés du salon funéraire se regardent avec hésitation. Tania m'annonce :

— C'est votre urne, monsieur.

Je reste silencieux en fixant la glacière.

— Hein ? Je comprends pas.

— C'est votre urne de glace, monsieur.

Qu'essé ça, esti ?

Tania continue :

— Comme on vous l'a dit au téléphone, habituellement nous acceptons de faire des urnes de glace seulement à partir du printemps... mais nous voulions absolument satisfaire vos désirs, alors nous avons fait une exception.

Je ferme les yeux, mon cœur s'emballe.

Non, c'est pas vrai, esti, réveillez-moi quelqu'un.

— J'aurais voulu une urne normale... en bois, genre.

Les deux employés se regardent, l'air hébété.

— Mais... quand nous nous sommes parlé au téléphone...

— C'était pas moi, vous avez parlé à mon frère, c'est un malentendu.

— Je suis vraiment désolée, monsieur. Votre frère a été très insistant pour l'urne de glace... il nous a expliqué que c'était l'une des dernières volontés de votre père.

Tabarnak.

— Non. On fait fondre l'urne, on récupère les cendres pis vous faites la cérémonie dans notre petite salle.

L'homme soupire, il semble s'impatienter. Tania commence à stresser.

— Il y a un terrible malentendu, monsieur... vous n'avez pas de salle.

— Pardon ?

— L'option « Urne de glace » exclut une cérémonie dans notre établissement. Habituellement, le forfait comprend la fabrication de l'urne, la préparation de la cérémonie ainsi que la présence d'un célébrant... mais étant donné que nous sommes en hiver, nous avons bien précisé à votre frère qu'il était impossible pour nous de nous rendre près d'un plan d'eau, pour la sécurité de notre équipe.

Je sens que je vais faire une crise cardiaque. André arrive derrière moi.

— Qu'est-ce qui se passe?

Bon, manquait plus que lui.

Tania nous regarde tous les deux poliment:

— Vous allez devoir quitter la salle, malheureusement... elle est réservée à un groupe qui doit arriver d'une minute à l'autre. Je suis sincèrement désolée.

— Attendez, ça va pas là... On est venus pour les funérailles de mon père, on peut pas repartir comme ça!

— Je suis sincèrement désolée, monsieur, mais votre frère a été très clair: il nous a bien précisé qu'il repartirait avec l'urne de glace pour faire une cérémonie privée...

André ne comprend pas.

— De quoi, l'urne de glace?

Tania regarde son collègue et commence véritablement à stresser. Je regarde André:

— André, c'est beau, je m'en occupe, tu peux retourner dans la salle.

Le téléphone du comptoir de l'accueil se met à sonner. Tania fait signe à son collègue d'aller répondre.

— Non, vous ne pouvez pas retourner dans la salle, elle est malheureusement réservée...

Philippe marche au loin comme un pingouin qui serait perdu dans une bibliothèque. André s'en mêle:

167

— Heille, relaxe... quand on est arrivés, personne nous a accueillis... On est entrés dans une salle pour pas rester plantés dans l'portique...

L'employé raccroche. Il s'avance vers nous :

— Nous sommes désolés du malentendu. Votre frère nous a demandé de faire une urne de glace, alors nous avons fait une urne de glace selon ses désirs... maintenant, s'il y a une mésentente entre votre frère et vous, ce n'est malheureusement pas notre responsabilité...

André se masse la nuque à deux mains. Il a la face rouge.

— Câlisse que vous êtes tout croches !

Je le regarde en essayant d'être en contrôle de la situation.

— Tu pouvais pas t'occuper des funérailles de ton père ? T'as laissé le schizophrène s'occuper de ça ?

Je serre les dents :

— OK, calme-toé !

— Câlisse que vous faites dur...

Guillaume arrive, avec son suit blanc et rose. Étienne et Philippe ne sont pas loin derrière lui.

— Guillaume ! Retourne dans la salle, je vais venir te chercher...

Tania fait quelques pas vers moi :

— Vous ne pouvez pas retourner dans la salle, monsieur !

Philippe est près d'André, les deux se regardent avec inquiétude.

— C'est beau, on a compris. Est-ce qu'on peut juste respirer deux minutes ? Je viens d'apprendre que mon

168

père est congelé! Juste... laissez-moi juste deux minutes pour régler ça.

André annonce à Philippe:

— Le schizo a mis André dans un bloc de glace...

OK, calmez-vous, là, c'est une urne de glace.

J'entends André dire en s'éloignant:

— Prenez vos manteaux, on s'en va d'icitte!

Je me retourne vers Tania:

— Y a vraiment pas moyen de s'arranger? De passer plus tard aujourd'hui? On va attendre... on n'est pas pressés, mon frère et moi... on pourrait laisser l'urne dans la glacière pis faire une petite cérémonie quand même?

La femme me regarde avec des yeux tristes.

— Je suis désolée monsieur, il n'y a plus une seule salle de disponible aujourd'hui...

J'entends Guillaume crier. Je prends la glacière et cours avec mes bottes d'hiver. Étienne est en train de pousser Gui contre le mur. Mon frère n'ose pas se défendre. Étienne est fou de rage:

— Câlisse! T'as rien dans' tête, toé? Qu'essé que t'as dans' tête, toé?

Ah ben, mon crisse!

Je cours vers Étienne avec la glacière dans les mains, puis je la lâche au sol.

Osti de cauchemar.

J'empoigne ses cheveux et je tire de toutes mes forces. Étienne pousse un cri, il recule. Philippe m'ordonne de me calmer. André me prend par le bras et me tire vers lui. Je ne sais plus ce qui se passe, mon corps semble totalement à la merci d'une force brute. J'ai le sentiment d'être une poupée de chiffon dans un manège à La Ronde. Je vois le regard de Philippe, les lumières du plafond, puis une douleur me transperce le bas du dos. Je suis au sol avec André. J'ai le souffle coupé. Je vois que la glacière est ouverte. Je repousse André, mais il ne me lâche pas.

— Lâche-moé, tabarnak!

André est en furie, il grimace. Il me tient bien fermement par le chandail et me postillonne dans la face.

— Toé pis ton frère mongol, vous avez toutte gâché!

J'essaie de me libérer, mais André ne me lâche pas. Guillaume arrive à toute vitesse et lui donne un coup de poing sur la tempe. Notre oncle s'écroule au sol comme une patate. Je suis bouche bée. Le regard de Gui se pose sur la glacière ouverte : l'urne de glace gît sur le tapis. Elle ressemble à un petit artefact historique. En voyant le bloc de glace, Guillaume perd complètement la carte. Il hurle, prend la glacière vide et la fracasse de toutes ses forces contre le mur. Pendant deux secondes et demie, tout le monde est paralysé de peur. Le dessus de la glacière s'est complètement arraché. Étienne et Philippe s'apprêtent à sauter sur mon frère, mais Gui sort un couteau de cuisine de son pantalon blanc. Tout le monde reste figé. Tania apparaît dans la salle, nerveuse. Les copines de mes cousins courent vers la sortie, complètement effrayées. Étienne crie :

— T'es malade, osti!

J'agite mes mains avec détresse pour que tout s'arrête maintenant. Je hurle :

— Gui! Gui! Regarde-moi, Gui!

Guillaume est dans une autre dimension. Il respire fort, il est rouge comme une tomate. Il tient le manche de son couteau bien fermement.

— Guillaume! Par pitié, Guillaume! Lâche le couteau, Guillaume!

Philippe se retourne vers Tania:

— Appelez la police!

Je suis terrifié:

— Non! Pas de police! Je vous en supplie, Tania! Il fera de mal à personne, Tania!

Tania est sidérée, elle ne bouge pas et nous fixe toute la gang. Étienne et Philippe sont penchés sur leur père, qui se lève péniblement en se tenant la tête, il est sonné. Je m'approche de Guillaume, je lui parle tout bas, j'essaie d'être rassurant.

— Gui! Regarde-moi, Gui! C'est ça... regarde-moi! Lâche le couteau, Gui... si tu lâches pas le couteau, tu vas passer le restant de tes jours enfermé dans une chambre d'hôpital. Tu le sais c'est quoi, hein, Gui? Tu veux pas ça... lâche le couteau, je t'en supplie...

Guillaume cligne des yeux sans arrêt. Il semble avoir les yeux secs, et je réalise à ce moment-là que quelque chose cloche vraiment.

C'est pas le Gui que je connais.

Je m'approche encore un peu de mon frère, je suis tout près de lui. Je prends sa main qui tient le couteau. Guillaume tient encore le manche avec fermeté. Il ne le lâche pas et me dévisage avec des fusils dans les yeux.

— Je t'aime, Gui... lâche le couteau.

Guillaume regarde autour de lui. Avec son autre main, il se frotte les yeux. Son front est perlé de sueur.

— On va aller chercher un sapin de Noël... OK, Gui?

Soudainement, il me regarde avec tendresse. Il a les yeux pleins d'eau. Des larmes coulent sur ses joues. Il desserre sa main pour me permettre de prendre le couteau de cuisine. Il se lance dans mes bras comme un enfant de quatre ans.

— Je m'excuse, Louis, je m'excuse tellement. Je voulais te protéger, Louis...

Je le serre très fort dans mes bras.

— Je sais... je sais, Gui... c'est correct... c'est fini, là...

André quitte la salle sans se retourner, suivi de près par ses fils. Au même moment, Carole entre dans la salle, à ma plus grande surprise. Sa présence me chamboule. Je braille sur l'épaule de mon frère en regardant Carole. Elle s'occupe de parler à Tania. Elle réussit à détendre l'atmosphère et à calmer les employés. Je murmure à Gui:

— On crisse notre camp d'icitte, pis vite...

Je jette le couteau à la poubelle. Je serre Carole dans mes bras pendant que Guillaume met son manteau. Elle me chuchote:

— Ça va, Louis?

Je ne réponds pas, les yeux dans l'eau. Je demande tout bas:

— Y vont-tu appeler la police?

— J'ai dit que j'étais votre mère pis qu'on allait l'emmener à l'hôpital...

Elle me fait un petit clin d'œil triste. Un poids immense tombe de mes épaules.

— Merci, Carole.

— Je vous reconduis chez vous.

Je serre encore Carole le plus fort que je peux dans mes bras. Je sors de la salle avec l'urne de glace. J'intercepte Tania, mal à l'aise :

— Excusez-moi... est-ce que je peux avoir une autre glacière ?

Quelle journée de cul.

Tania me regarde avec une tristesse palpable.

— Je... je suis désolée, monsieur... on ne peut pas... il y en avait juste une de comprise dans votre forfait...

Tabarnak.

Je marche lentement vers la sortie.

— Attendez, monsieur, vous oubliez les fleurs...

J'ai les mains gelées.

— De quoi, les fleurs ?

— Votre frère a acheté plusieurs bouquets de fleurs...

Mon sourcil droit me pique. Je ne sens déjà plus mes doigts.

— Combien ç'a coûté tout ça ?

Tania me demande de la suivre jusqu'au comptoir, mais je ne bouge pas. Elle vérifie sur son ordinateur :

— Avec les fleurs et l'urne, on parle ici d'un montant de 4500,08 $.

Elle vient de me donner le coup fatal.

— Attendez... ça se peut pas... ça fait combien de fleurs ?

— On a dix Bouquets majestueux à 325 $ chacun...

Câlisse.

— Pis... mon père, y coûte combien ?

Je tiens le bloc de glace comme si je tenais un enfant trop lourd. Tania est stoïque et cordiale, très professionnelle.

— L'urne de glace est 750 $ sans les taxes...

Je reste figé sur place. Tania me parle mais je n'entends rien. Je suis dans la lune.

— Pouvez-vous m'aider à amener les bouquets majestueux dans la voiture ?

Tania hoche de la tête solennellement.

— Il n'y a pas de souci, monsieur... Carl va s'occuper de vos fleurs.

Je marche lentement vers la sortie. Je sens que l'urne glisse doucement. Puis, je réalise que l'urne ne glisse pas, c'est une illusion. C'est juste parce que je ne sens plus mes mains. Carl me rejoint, il transporte deux gros bouquets de fleurs. Il me demande s'il peut m'aider avec l'urne. Je fais signe de oui de la tête. Carl dépose les fleurs à mes pieds et prend mon père.

Thanks, Carl.

38

La voiture de Carole est pleine de fleurs. Je suis assis sur la banquette arrière avec tous les bouquets. Guillaume a proposé de mettre l'urne dans le coffre de la voiture pour qu'elle ne fonde pas sur les bancs en tissu de la Toyota Corolla.

Bien joué, brother.

La tempête de neige n'a pas diminué. Il neige fort. Les essuie-glaces de Carole ont de la misère à faire leur job. Guillaume porte de nouveau ses lunettes de soleil et montre des vidéos de fantômes à Carole pendant qu'elle conduit. Il a mis le volume de son téléphone au maximum, on entend la voix de Nuke.

«Is it real or is it all just an elaborate hoax? You decide!»

Je suis plus capable.

— Guillaume, éteins ça!

Il se retourne:

— Attends, c'est sûr qu'elle a pas vu cette vidéo-là...

J'ai deux bouquets sur les genoux. Des roses bleues effleurent ma joue.

— Guillaume, crisse, éteins ça. Carole va faire un accident à cause de toi...

Guillaume regarde devant lui avec ses lunettes de soleil. Pour détendre l'atmosphère, Carole raconte qu'elle a acheté une guirlande de Noël qui ne marche pas.

— Je prends une heure pour l'installer dans l'arbre pis quand je l'allume... elle part pas. J'étais en beau joual vert!

Je souris en regardant Carole avec tendresse. Son anecdote est amusante, mais je souris surtout à cause de sa gentillesse débordante. Sa générosité me bouleverse, elle me scie le cœur. Je profite de chaque seconde à bord de la Toyota Corolla. J'ai envie de ne plus jamais quitter cette voiture. Je resterais dedans à tout jamais avec les fleurs affreuses. La voiture tourne à droite sur la 24e Avenue. Carole nous ramène à notre appartement. Elle détache sa ceinture. Sa voix est douce et rassurante :

— Je vais vous aider à amener vos fleurs... mais avant, on va s'occuper de votre père.

Carole sort de la voiture et ouvre le coffre. Il y a tellement de fleurs sur la banquette arrière que je ne peux pas bouger. Je tends mon trousseau à Gui.

Gui prend mes clés, ouvre la portière et prend quatre immenses bouquets dans ses bras. Je réussis à sortir en faisant tomber trois bouquets. Je les ramasse et les fous sur la banquette. Je rejoins Carole devant le coffre ouvert de la Toyota. Elle essaie de prendre l'urne de glace, mais n'y arrive pas. Il fait tellement froid que l'urne n'a pas du tout fondu. Carole tente de la soulever une seconde fois, sans succès. Il nous neige sur la tête, Carole me sourit tristement :

— C'est lourd en maudit.

— Ouais, je sais...

Je prends le bloc de glace, je traverse le terrain enneigé et je le dépose à côté du bonhomme de neige bandé. Guillaume me demande ce que je fais.

— On va pas l'emmener en dedans... Ça va fondre pis ça va mettre de la cendre partout dans' maison...

Je vais à la voiture, Carole me tend deux bouquets et en transporte deux. Dans l'appartement, il y a des traces d'eau brune qui mènent jusqu'à la chambre de Sylvain. Guillaume n'a pas enlevé ses bottes. Je soupire, je vais porter les bouquets dans la chambre. J'observe l'amoncellement de fleurs sur le lit. Une bouffée d'anxiété me monte jusqu'à la gorge. Je sors de la chambre avec un petit vertige.

C'est tellement glauque.

Guillaume passe à côté de moi, entre dans la chambre de Sylvain pour y déposer le dernier bouquet. Carole est dans l'entrée et me regarde avec de grands yeux doux.

— Veux-tu rester un peu?

Je sens Carole mal à l'aise. Elle n'est pas bien ici. Je la comprends.

Je suis pas bien ici non plus... on s'enfuit-tu dans ta Corolla?

Guillaume sort de la chambre de Sylvain avec ses lunettes de soleil. Il reste dans le cadre de porte et nous regarde en silence.

Y ressemble à un doorman... le doorman des bouquets majestueux, esti.

Carole replace sa tuque et m'évite du regard.

— Je pense pas, Louis. Je vais vous laisser entre frères... Vous avez vécu une grosse journée, vous avez des choses à vous dire, j'pense.

Je lui fais un petit signe de la tête. Je me retourne vers Gui. Il nous regarde avec un air indéchiffrable.

— Prenez soin de vous, les gars...

Carole ouvre la porte, sort, puis revient sur ses pas.

— Ah! J'ai presque oublié...

De sa grosse poche de manteau d'hiver, elle sort une tuque noire en laine tricotée à la main. Sur le devant, une tête de mort blanche. Deux boutons en bois sont cousus sur les yeux du squelette.

Wow, c'est une artiste!

Guillaume enlève ses lunettes de soleil. Délicatement, il touche du bout des doigts les boutons en bois.

Des larmes tombent comme des flèches sur la laine du bonnet.

— Merci, Carole... c'est la plus belle tuque du monde.

Carole a les yeux pleins d'eau. Elle fait signe à Guillaume de s'approcher, prend ses mains dans les siennes, les caresse avec ses pouces :

— Mon dieu, tes mains sont gelées...

Carole réchauffe les mains de Guillaume de longues secondes en le regardant dans les yeux et finit par dire :

— T'es un bon p'tit gars, Guillaume, oublie-le jamais.

Je m'éloigne pour être dos à eux. Je mets ma main sur ma bouche. J'ai mal. Je pleure en silence en regardant la neige tomber dehors.

— Bon, je vais y aller, moi... Faites attention à vous... à bientôt.

Je n'ai pas le courage de lui faire face. Je fais un signe de la main à Carole sans me retourner. J'entends la porte se fermer. Quand je me retourne, Guillaume porte déjà sa nouvelle tuque. Je ne peux pas m'empêcher de pouffer de rire. Je ris en morvant.

— Qu'esse qu'y a, t'a trouves pas belle ?

La tuque est un peu trop serrée sur sa tête. Quand il bouge, les yeux en bois du squelette bougent avec lui.

— Qu'essé qu'y a ? Pourquoi tu ris ? Heille ! Pourquoi tu ris ?

Il bouge la tête, vexé. Les yeux du squelette gigotent dans tous les sens. Je me laisse tomber sur les genoux, je m'écroule sur le côté. Je ne peux plus respirer, je manque de souffle. Guillaume va dans les toilettes pour se voir devant le miroir. Je l'entends rire au loin. Il sort, plié en deux.

— Y bougent! Les yeux bougent quand je bouge!

Oui, Gui, les yeux bougent quand tu bouges.

39

Gui se prend le bide.

Son couteau est gommé de fromage et de sauce tomate.

— Ta lasagne est tellement bonne!

Tout l'appartement sent la fleur. Je ne suis plus capable. Je crois que c'est l'odeur des lys qui me donne envie de tuer quelqu'un.

— Gui, peux-tu enlever tes lunettes de soleil, j'aimerais te parler.

Guillaume se redresse:

— Ben, je t'entends, avec mes lunettes.

— Ouais... mais j'aimerais te regarder dans les yeux... s'te plaît.

Gui hésite. Puis, d'un geste lent, il enlève ses lunettes à deux mains.

— Y a de quoi de pas normal, Gui... t'es bizarre depuis quelques jours.

Guillaume fixe son assiette sale en silence.

— Au début, je pensais que t'étais comme ça à cause de la mort de Pa'... les lunettes de soleil, j'étais capable de vivre avec ça. Mais les couteaux...

J'ai envie de pleurer mais je me retiens, ce n'est pas le moment.

— Tu vas pas bien, Gui...

Des larmes coulent sur ses joues. Elles brillent en tombant dans son assiette.

— Demain matin, on va aller à l'hôpital, pis...

Gui se redresse, complètement terrifié.

— Non, Louis! Pas l'hôpital, Louis! Je t'en supplie!

Je tremble un peu.

— On va juste aller faire un petit tour...

— Tu le sais que je sortirai pu jamais d'là!

— Ils te garderont pas pour toujours... ça va être comme la dernière fois, tu vas rester une couple de semaines pis quand tu vas revenir, tu vas être correct.

Guillaume est furieux. Il comprend que je ne décrocherai pas de mon idée de l'hôpital. Il marche dans la cuisine en se tenant la tête.

— Je peux pas, je peux pas aller là-bas, je vais mourir là-bas!

Guillaume serre les poings, il me fait un peu peur, mais je ne le montre pas. Je ne veux pas qu'il sente qu'il réussit à m'intimider, je perdrais toute ma crédibilité. Je me tourne le plus naturellement du monde vers la table pour dissoudre la tension que Gui essaie d'installer.

J'empile les assiettes. Je prends les fourchettes et les couteaux sales. J'apporte la vaisselle dans l'évier et je fais couler de l'eau chaude.

— Sont où les autres couteaux?

L'eau coule bruyamment. Gui n'ose pas me regarder dans les yeux:

— Je les ai jetés!

Bullshit.

— Je les ai jetés, Louis!

L'eau coule toujours, Guillaume me prend le bras et me secoue.

— Parle-moi, Louis! Crisse, parle-moi!

Je me crispe. L'eau chaude coule toujours. Guillaume sort de la cuisine, va dans le salon et revient aussitôt.

— On était supposés fêter Noël!

Je ferme le robinet.

— Gui, on peut pas fêter Noël cette année.

Il est rouge. Il ressemble à Hulk avant qu'il devienne vert.

— Je suis écœuré de me faire fourrer!

Il bave. Il me pointe du doigt. Il donne des coups de poing dans le mur comme un enragé. Des marques apparaissent, un trou commence à se former.

— Gui, crisse! Arrête!

Guillaume se retourne, tire mon chandail, me pousse contre le comptoir de cuisine. Je crie, une douleur vive me traverse le bas du dos. Guillaume lève son poing pour me donner un coup dans le visage, mais se ravise aussitôt. Il me lâche puis met ses poings contre son front.

— C'est de ta faute.

What the fuck?

— De quoi tu parles?

— T'étais pas là! T'étais pas là, pis Pa' est mort à cause de toi.

Je le regarde droit dans les yeux. J'ai peur que mon frère me tue. Je m'éloigne de lui doucement. Guillaume crie:

— C'est toi qui devrais finir tes jours à l'hôpital! Pas moi!

Je prends une petite éponge et plonge mes mains dans l'eau chaude de l'évier. Ça fait du bien. Je frotte une assiette. Guillaume n'a pas bougé d'un poil. Je sens le poids de son regard sur moi.

— T'as pas le droit de me faire ça... t'as pas le droit... si je vois un policier ou un ambulancier icitte, je me tue, as-tu compris? Je me tue!

Je dépose l'assiette propre sur une serviette sèche. Je prends une fourchette et la frotte pour enlever tout le fromage collé dessus. Gui fait un pas vers moi, puis disparaît dans sa chambre. Je lâche un petit soupir de soulagement. Je prends mon temps pour laver le reste de la vaisselle, c'est mon salut, je sais que quand j'aurai terminé, je devrai prendre une décision. J'enlève le bouchon de l'évier pour faire évacuer l'eau sale. Je m'essuie les mains et prends mon téléphone. Je compose le 911, mais je n'appelle pas.

Je vais plutôt dans le lit de Sylvain pour m'allonger dans les fleurs. Je dépose ma tête sur l'oreiller, j'essaie de retrouver son odeur, mais je n'y arrive pas.

Crisse de lys.

Je me retourne sur le dos et regarde le plafond.

— Qu'est-ce qui faut que je fasse, Pa'? Je sais pas quoi faire, Pa'... aide-moi...

J'ai mal au dos. Je me tourne sur le côté et je me tâte. J'ai peut-être quelque chose de cassé. Ou je vais juste avoir un bleu demain matin.

Le cellulaire de Sylvain est sur la table de chevet. J'entre dans les textos. Puis je regarde son registre d'appels.

Je vois un message dans sa boîte vocale, je l'écoute. C'est moi. C'est la journée où je les cherchais, mon frère et lui, en taxi. Je m'entends paniquer, je demande à Sylvain s'il peut me rappeler tout de suite. Ma gorge se serre, je regarde toutes les fleurs et je commence à angoisser. Pour m'éviter une crise de panique, je m'assois sur le bord du lit. Je tombe sur un autre message, une voix de femme que je ne reconnais pas : « Bonjour monsieur Bouchard, je m'appelle Julie et je suis infirmière au pavillon Lahaise de l'hôpital Louis-Hippolyte-Lafontaine. Je vous ai déjà laissé un message sur votre boîte vocale. C'est simplement pour vous rappeler que Guillaume ne s'est pas présenté à son rendez-vous pour son injection d'Invega Trinza. S'il vous plaît, rappelez-moi dès que possible, merci. »

C'est pas une surprise, tu le savais que t'aurais dû monter avec lui dans l'ascenseur !

Je voulais lui faire confiance...

Tu le sais ben que tu peux pas ! C'est un grand enfant !

En regardant par la fenêtre, je remarque qu'une mince couche de neige s'est déposée sur l'urne.

C'est pas ma job de le materner...

T'es crissement dans le déni mon gars !

Ta yeule !

Guillaume est officiellement un danger public... faut que tu appelles la police maintenant avant qu'il tue quelqu'un !

Ferme ta yeule !

Je sors de la chambre de Sylvain, j'ouvre la porte de Guillaume. Il est allongé dans son lit, sur le côté, dos à la porte. Je m'approche.

Je le vois pas respirer, y'est-tu mort?

Je vais juste à côté de lui. Son thorax se gonfle et se dégonfle. Il tient la tuque de Carole dans ses mains. Discrètement, j'ouvre les tiroirs de sa commode. Je regarde s'il n'y a pas d'autres couteaux de cuisine cachés quelque part, mais je n'en trouve pas. Je sors de la chambre en refermant la porte. Je vais à la cuisine, je prends les quatre couteaux à steak qu'il reste dans le tiroir et je vais les porter sous mon oreiller.

T'appelles pas la police?

Pas tout de suite.

Pourquoi?

Je veux voir comment il va être demain.

Mauvaise idée! Appelle tout de suite la police pendant qu'il dort!

C'est bientôt Noël.

On s'en crisse de Noël!

On va décorer un sapin ensemble, il va aller mieux, tu vas voir.

T'es aussi fou que lui!

Crisse, je viens de perdre mon père... je veux pas perdre mon frère en plus... je veux pas qu'il se tue!

Réveille, osti! Il est dangereux, il va blesser quelqu'un!

Y a pu de couteaux.

Hein?

J'ai caché les couteaux sous mon oreiller, y'a pu de couteaux dans' maison.

Demain matin, Guillaume va remarquer qu'y a pu de couteaux dans la cuisine, comment tu penses qu'il va réagir?

Il ne se rendra compte de rien, Gui ouvre jamais le tiroir.

Comment ça ?

Gui mange avec ses mains.

40

Je n'ai pas dormi de la nuit. Je suis assis sur le divan. La lumière matinale est bleue comme celle du ventilateur de Sylvain. Elle éclaire une partie du plancher du salon. Elle me fait voir les vieilles traces de bottes séchées de Guillaume. Je me lève et tombe face à face avec lui. Il boit une gorgée de jus d'orange à même la bouteille. Il a les yeux encore fatigués :

— T'es déjà deboutte ? Ça va ?

Je ne réponds pas. Guillaume avale une autre gorgée de jus, dépose la bouteille.

— Je m'excuse pour hier...

Le plancher est bleu, vraiment bleu.

— Je vais réparer les trous dans le mur... Il faut acheter du plâtre pis un genre de spatule. J'ai vu ça sur YouTube.

Je soupire :

— Ouais, on peut faire ça...

Je prends la bouteille de jus d'orange, puis je me retourne vers mon frère :

— J'ai vu des p'tits sapins de Noël pas chers devant l'épicerie.

Guillaume sourit comme si je lui annonçais qu'on avait gagné le million.

— T'es sérieux? Tu me niaises pas, là?

Un frisson me parcourt en voyant le bonheur sur son visage.

— On peut y aller tout de suite si tu veux? J'ai pas full faim.

Dehors, il fait étonnamment très beau. Le soleil nous réchauffe la face et ça fait du bien. Je marche avec mon frère sur Tricentenaire vers le Canadian Tire. Sur le trottoir, on ne croise personne. Guillaume m'explique qu'il serait peut-être important d'acheter un détecteur de champ magnétique pour voir s'il y a des fantômes dans l'appartement. On peut voir l'asphalte. Tout est tellement bien déblayé. Je suis impressionné par le travail des déneigeuses.

— Louis, tu m'écoutes-tu?

Distrait, je me tourne vers mon frère:

— Scuse, qu'est-ce que tu dis?

— Est-ce qu'y a des détecteurs de champ magnétique au Canadian Tire?

— Hum, pas sûr.

— Ce serait peut-être important d'en acheter un... peut-être que Pa' essaye de nous dire quelque chose pis on sait même pas qu'il est là.

— Si Pa' revenait sur terre, ce serait juste pour essayer de cruiser sur Tinder...

Guillaume rit de ma blague. Il me traite de niaiseux. On marche une bonne demi-heure avant d'arriver au magasin. J'achète de l'enduit de rebouchage et un paquet de gomme. Dehors, le soleil devient de plus en plus éblouissant. On marche jusqu'à l'épicerie, côte à côte, en mâchant de la gomme. Je remarque que Guillaume n'a pas mis ses lunettes de soleil.

— Ouin, je les ai oubliées à' maison...

— Faut ben que t'es portes juste quand y fait noir!

À l'épicerie, il ne reste que deux vieux sapins de Noël tout décâlissés. Je prends le plus beau des deux.

— Non, prends l'autre!

Je suis surpris:

— Lui? Y'est laitte.

— Justement, y fait pitié...

Guillaume me pointe l'arbre du menton. Les yeux en bois du squelette sur sa tuque bougent comme des maracas. Le sapin est chétif, il n'a pas plus d'une dizaine de branches.

— OK, mais c'est toi qui le transportes jusqu'à la maison... on va rire de nous autres!

Gui sourit:

— Ben non, les gens vont nous envier!

Sur le chemin du retour, Guillaume tient le petit arbre sur son épaule en mastiquant de la gomme, fier comme un paon. Ça me rassure un peu de le voir comme ça. Il n'a ni blessé ni tué personne. Au Canadian Tire et à l'épicerie, il a été super poli, discret et sage.

Je suis fucking fier de mon frère.

— C'est plate qu'on ait pas trouvé de détecteur de champ magnétique...

— Ouais, c'est poche.

— Si jamais tu sais pas quoi m'acheter pour Noël... un détecteur de fantôme, j'aimerais ben ça.

Je regarde le soleil. Il m'éblouit.

Fuck qu'on est bien aujourd'hui.

Je dis en souriant vers le soleil :

— C'est noté.

De retour à la maison, je constate qu'il y a de la pisse sur l'urne.

Osti, je suis sûr que c'est Kim Kardashian !

L'urine a un peu imprégné la glace.

— Faudrait faire une petite cérémonie...

— C't'une bonne idée, ça.

Dans le salon, l'arbre semble plus grand que devant l'épicerie. Gui remplit d'eau le support du sapin.

— Checke-le ben grossir...

Oh boy, y va être déçu.

Gui fixe l'arbre avec un air de déception.

— On aurait dû acheter des boules pis des guirlandes...

— On a en déjà plein.

Gui hoche la tête.

— Pa' les a toutes jetées l'année passée...

Je dévisage mon frère.

— Pourquoi ?

— Parce que je voulais regarder *Boréal-Express*...

Esti, c'est vrai.

Guillaume avait fait une méga crise pour qu'on regarde un film de Noël tous les trois ensemble. Sylvain était devenu fou. Il avait mis toutes les décos dans un sac poubelle.

Je m'assois sur le divan. L'arbre semble prêt à mourir à tout moment.

— Il est parfait comme ça.

Guillaume lâche soudainement un cri de mort. Il sourit à pleines dents :

— Je viens d'avoir l'idée du siècle!

Il va dans la chambre de Sylvain, et revient avec les bras chargés de fleurs.

— On va mettre toutes les fleurs des funérailles dedans! Ça va être super beau!

— Ouf... je suis pas sûr, Gui.

Il fait tenir une rose bleue entre deux branches:

— C'est magnifique, tu vois pas comme c'est magnifique?

— Bah ouais, c'est correct.

Ça va faire un beau sapin funèbre.

Je bâille. Je commence à cogner des clous.

— Ça te dérange si on décore ça tantôt? J'irais faire une p'tite sieste d'une heure...

Guillaume place une deuxième rose à côté de la première.

— Je m'occupe de l'arbre. Toi, va te reposer!

Je m'étends dans mon lit, je tombe endormi en deux secondes. Je rêve d'un fantôme qui s'amuse à me brûler les talons avec un briquet. Le détecteur de fumée me réveille. Je regarde l'heure, je me suis assoupi quarante-cinq minutes.

What the fuck, ça sent ben la fumée!

Je me lève en panique, j'ouvre ma porte. Un nuage entre dans ma chambre et me submerge. La boucane remplit tout l'appartement. L'arbre de Noël est en feu.

— Guillaume! T'es où?

Gui sort des toilettes en courant avec un seau. Il lance l'eau sur le sapin.

Tabarnak!

J'ouvre la fenêtre de la cuisine. Je fouille dans les armoires. Je prends un bol à pop-corn, je le remplis d'eau et je cours vers le salon. J'échappe une bonne partie de l'eau sur le plancher. Il y a un énorme cerne noir au plafond.

Esti, on va se faire expulser, câlisse!

Je réalise que les rideaux du salon ont complètement cramé. Je tire la table à café à moitié brûlée. Je pousse le divan le plus loin que je peux vers la cuisine pendant que Guillaume fait des allers-retours avec le seau d'eau. Le feu semble s'atténuer. Gui saute dans ses bottes d'hiver et donne un coup de pied dans le sapin. L'arbre tombe contre le mur. Une centaine de petits tisons tourbillonnent dans l'air comme des lucioles.

— Qu'esse tu câlisses?

Guillaume réussit à coucher le sapin sur le plancher. Il saute dessus à pieds joints pour essayer d'éteindre les flammes avec ses bottes. Je me précipite vers le seau, je le mets dans le bain et je le remplis d'eau froide. Je cours dans le salon et lance l'eau sur les flammes pendant que Gui les piétine avec vigueur et acharnement. La fumée s'échappe lentement par la fenêtre de la cuisine. J'ouvre toutes les fenêtres de l'appartement. Je cours vers le détecteur de fumée, j'essaie d'enlever la batterie pour arrêter le son strident, mais je ne suis pas capable. Je m'accroche à deux mains au détecteur pour l'arracher du plafond. Je le lance par terre. Le bruit cesse de résonner à la seconde où il se fracasse contre le prélart.

Fuck ça fait du bien.

On frappe à notre porte. J'ouvre et une boucane

épaisse et grise sort de chez nous. J'essaie d'être relax, détendu. Je souris comme un gros niaiseux. Je souris comme si j'étais à la plage et que je faisais un BBQ. Mon voisin est bouche bée. Je regarde sa dentition trouée. Il tient Kim Kardashian qui jappe comme une folle.

— Faut-tu appeler les pompiers ?

Je sors et ferme la porte derrière moi. Une fumée tourbillonne autour de nous, elle s'empare de la cage d'escalier.

— Ah, non, non. C'est beau...

Je suis vide en dedans. J'ai juste le goût de partir d'ici.

— Mon frère a fait brûler de l'encens.

Les gros yeux globuleux de Kim observent chacun de mes mouvements. Je me retiens pour ne pas tousser. Je réalise que j'ai de la cendre partout sur le chandail. Mon voisin prend un air dramatique :

— Ben là, tu me niaises, vous voulez crisser le feu ou quoi ?

— Non, ben non !

Il se retourne, fait quelques pas vers son appartement et ouvre sa porte :

— J'appelle les pompiers !

Je m'avance vers lui :

— Non ! S'il vous plaît ! Écoutez...

Kim se remet à japper. La fumée de la cage d'escalier pénètre chez lui.

Quel bordel.

— Mon père est mort récemment... on a fait brûler de l'encens pour apaiser notre souffrance...

Ayoye, je me hais.

— Pour reconnecter avec son âme...

Qu'essé je raconte là, câlisse.

Le voisin se frotte les yeux à cause de la fumée. Il semble sensible à la mort de Sylvain.

— J'ai souvent parlé à ton père... je suis désolé.

— Je vous jure que tout est correct. On éteint tout. Les fenêtres sont ouvertes. D'ici une demi-heure, y aura pu d'odeur... je vous le promets.

Le chien jappe avec rage. Il veut me manger la face. Il est sûrement en train de hurler en langage de chien que je raconte de la bullshit.

— OK, c'est beau... mais arrêtez ça tout' suite, j'ai jamais vu ça, de la boucane de même.

— Oui... je vous le promets, merci énormément.

Je rentre chez moi. L'arbre est carbonisé, il n'y a plus d'aiguilles ni aucune fleur majestueuse dedans. L'appartement est délabré. Le salon est encombré d'eau noire et de morceaux de branches calcinées. Une légère fumée flotte encore dans l'air. Je me frotte les tempes en fixant Guillaume. Je ne vois pas bien son visage, il le cache pour ne pas inhaler davantage de fumée.

— Qu'est-ce que t'as fait, tabarnak?

Guillaume parle à travers la manche de son chandail, j'entends rien.

— Je comprends rien, crisse! Pourquoi t'as crissé l'arbre en feu?

Il parle toujours à travers son chandail :

— C'était pas voulu, je te le jure, Louis!

Je tousse. Je vais à la fenêtre de la cuisine pour respirer de l'air frais. Guillaume me suit.

— J'ai allumé des lampions, je voulais que ça fasse beau.

J'arrête plus de tousser, je suis complètement découragé.

— T'as mis des lampions dans le sapin?

Il me fait signe que oui.

— Guillaume, réfléchis, esti... t'as failli mettre le feu au bloc!

— Je m'excuse, Louis, je m'excuse!

Je retourne dans le salon. Je réalise l'ampleur des dégâts. Une énorme tache de suie recouvre presque tout le plafond et les murs. Le prélart est brûlé à plusieurs endroits.

— On peut aller acheter de la peinture au Canadian Tire?

— Ça va prendre plus que de la peinture...

— Ah ouin?

— Guillaume, ouvre les yeux... c'est un sinistre.

— C'est quoi un sinistre?

Je lui pointe le plafond et le plancher du salon. L'eau commence à s'infiltrer dans le plancher.

— Va chercher toutes les serviettes de la salle de bain.

— Pourquoi?

— Faut éponger l'eau pour éviter la moisissure...

Guillaume apporte les serviettes, je les étale un peu partout dans le salon. Je les piétine pour essayer d'éponger l'eau avec mes pieds. J'entends cogner à la porte. Je suis sûr que c'est Kim Kardashian et son maître.

Il vient peut-être nous offrir de la soupe, ça serait bon, de la soupe.

Guillaume ouvre, c'est Esteban, le propriétaire. Il entre dans l'appartement, complètement abasourdi. Il est accompagné de son fils, un grand gars baraqué. Esteban me demande avec son accent espagnol :

— Qu'essé qui s'est passé ici ?

Je prends un ton dramatique :

— Il y a eu un court-circuit dans nos lumières de Noël... notre arbre a pris en feu.

Esteban fait le tour de l'étendue des dégâts pendant que son fils va voir dans la cuisine. Quand le proprio lève sa tête au plafond, je me dis que ça y est, il va nous tuer.

— Dad, there are holes in the wall !

Le propriétaire découvre les trous que Gui a faits avec ses poings. Il me dévisage intensément :

— Ça fait quinze courriels que je vous envoie. Ça fait trois mois que vous payez pas votre loyer, vous me répondez pas... j'avais pitié de votre père, je savais ce qu'il traversait... pis là vous mettez le feu à mon bloc ?

Le fils a moins de scrupules :

— Crissez votre camp avant qu'on appelle la police !

— Quels courriels ? Je travaille quarante heures par semaine... c'est une erreur, je paye le loyer chaque mois !

Le propriétaire sort son cellulaire de sa poche et me montre tous les courriels qu'il a envoyés à Sylvain.

Fuck, qu'est-ce qui se passe ?

Je virais une grande partie de mes paies à mon père pour qu'il s'occupe du loyer.

Qu'est-ce qu'y'a fait avec l'argent ?

— Mon père vient de mourir, vous pouvez pas...

Esteban s'avance, met sa main devant mon visage. Sa bague en or brille dans le salon. Il n'a plus de cheveux. Ses souliers ont l'air de valoir très cher et ils marchent sur de vieilles serviettes mouillées.

— Sais-tu combien ça va nous coûter pour réparer ça?

Guillaume regarde le plafond:

— Une couple de gallons de peinture...

Je me retourne vers lui:

— Ta yeule, Guillaume!

Esteban ignore complètement mon frère.

— Ça va coûter cher. Pis j'imagine que vous avez pas une cenne... J'espère que vous avez des assurances.

L'accent espagnol du proprio est tranchant. Mes bas blancs baignent dans une petite mare de cendres. Je fais signe que oui. Mais je mens. On n'a pas d'assurance, Sylvain n'a jamais voulu en prendre, il disait que c'était de l'argent pitché par les fenêtres. J'ai soif, ma gorge est brûlante. J'essaie de m'humecter les lèvres, mais je ne suis pas capable. J'ai comme un carré de sable dans la bouche:

— Les funérailles de mon père ont coûté cher... s'il vous plaît, je vais vous rembourser, Je vous le jure.

Le proprio s'avance vers moi:

— Non, non, ça suffit le niaisage! Vous allez rembourser les dégâts avec votre assurance, et ensuite je veux pu jamais vous revoir... c'tu clair?

J'entends mon cœur battre dans mes tympans. Il bat comme un métronome.

— Vous avez pas le droit de faire ça, c'est illégal!

Le fils du proprio s'approche de moi avec un air menaçant.

— We don't give a fuck!

La tension est palpable. Guillaume serre les poings. Je ne veux pas que ça dégénère, je ne veux pas être plus dans la marde que ça.

— OK... on va faire ça.

Esteban semble satisfait de ma réponse :

— Je reviens demain matin, je vais appeler une compagnie de sinistre pour qu'ils viennent nettoyer ça...

Le propriétaire quitte l'appartement avec son fils en fermant la porte derrière lui. Je me tourne vers mon frère :

— Faut qu'on crisse notre camp d'ici tout de suite...

Gui me regarde avec de grands yeux :

— Pourquoi ?

— On n'a pas d'assurance. Prends tes affaires, vite.

Guillaume m'écoute sans discuter. Je fourre tout dans mon sac à dos, je prends le linge dans ma commode. Guillaume sort de sa chambre avec une énorme poche de hockey accrochée à son épaule. Il tient son laptop dans une main et un immense toutou en peluche sous son autre bras.

— C'est quoi ce toutou-là ?

Gui soulève son jouet pour mieux me le montrer.

— Y sort d'où, cet éléphant-là ?

Guillaume sent le jugement dans ma voix, il remet le toutou sous son bras et me dit d'une voix glaciale :

— De ma garde-robe...

On se regarde en silence un moment. Mon frère sent que je veux connaître la suite.

— Ça vient du Ikea...

Quand est-ce qu'il est allé au Ikea, lui ? Whatever...

Je vais dans la chambre de Sylvain pour prendre son

cellulaire. Je fouille dans ses tiroirs à la recherche de biens de valeur. Je trouve une chaînette en or avec un pendentif du petit Jésus. On met nos bottes, nos manteaux et nos tuques. Dehors, le froid et l'humidité nous transpercent.

Y a une heure, je faisais une sieste pis là je suis dans' rue.

Je ne sais pas quoi faire. Je réalise que l'urne est toujours à côté du bonhomme de neige. J'enlève la fine couche de neige dessus. Je regarde Guillaume :

— On peut pas abandonner Pa'...

Je la prends dans mes bras. J'avance lentement vers la rue. Guillaume me dit d'attendre, il vient vers moi, dépose son éléphant dans mes bras, sur l'urne.

— Guillaume, qu'esse tu fais ?

— Attends, faut j'aille chercher de quoi !

Il ramasse la carotte bandée. Il prend soin de mettre le légume dans sa poche de manteau :

— Si jamais on a faim pis qu'on a pu d'argent, on se la splittera.

Je marche sans savoir où aller, avec une urne de glace et une peluche d'éléphant.

La meilleure idée que t'as eue aujourd'hui, thanks, Gui.

41

— Un Célébration avec ça?

Je fais signe que non à la caissière. Guillaume est à côté de moi avec ses lunettes de soleil. Il me demande:

— C'est quoi un Célébration?

Je suis concentré à fouiller dans mes poches. Je ne sens pas mon portefeuille. Une petite panique m'envahit à l'idée de l'avoir oublié dans notre appartement. Je tâte avec vigueur les poches de mes pantalons, puis celles de mon manteau. Je le trouve.

Merci mon dieu.

— Louis, c'est quoi un Célébration?

Je sors ma carte débit.

— C'est un billet de loto...

Guillaume enlève ses lunettes de soleil:

— Achètes-en un Louis!

— No way, c'est vingt-cinq piasses!

Guillaume me tire par la manche du manteau:

— Louis! C'est peut-être la solution!

J'ignore complètement mon frère.

Dehors, il pleut un peu. Le vent me transperce la peau du visage. Mon manteau n'est pas assez chaud.

De la pluie verglaçante, nice.

Je m'accote contre la vitrine du Couche-Tard. Guillaume m'imite. Il a mis ses affaires par terre. Son éléphant commence à s'imbiber de sloche.

On est protégés de la pluie si on reste collés à la vitre.

Je tends un petit sandwich au jambon sans croûte à

Guillaume. J'en prends un aux œufs. On mange en silence. Des passants nous regardent avec une indifférence totale. Les gens entrent et sortent du dépanneur. Ils vivent leur vie.

— T'aurais dû acheter le Célébration, c'était notre porte de sortie.

Je prends une bouchée de mon sandwich.

— Sais-tu c'est quoi les chances de gagner à la loto ?

Gui hausse les épaules en avalant une bouchée de son sandwich.

— Une sur des millions, Guillaume. Ce vingt-cinq piasses-là, dans une couple de jours, on va en avoir besoin...

Guillaume veut un autre sandwich. Je lui donne celui aux œufs.

— Non, au jambon, s'te plaît.

Je lui donne quand même celui aux œufs.

— Le deal c'est qu'on fait moitié-moitié. Tu viens de manger celui au jambon pis l'autre est pour moi.

Guillaume chigne :

— Come on ! J'haïs ça aux œufs...

— Tu me tires du jus Guillaume, câlisse.

Je lui tends le sandwich au jambon. Il se gratte nerveusement le nez et regarde tout autour de lui en mangeant son souper.

— Ça va ?

Il réajuste ses lunettes de soleil en me faisant un petit signe de la tête.

Y doit rien voir, y fait tellement noir... comment y fait ?

— T'es sûr ?

Gui me murmure à l'oreille :

— On nous surveille.

— Y a personne.

Gui me fait signe de regarder dans le dépanneur. Il me pointe subtilement une caméra de surveillance.

— Ils me lâchent pas.

Je termine de manger mon sandwich aux œufs.

— Y a personne qui te surveille, Guillaume.

— Comment tu sais ça ?

Je ne réponds pas. Je m'étire. Je me frotte les mains pour enlever les miettes de pain collées à mes doigts. Je pense à tout l'argent que Sylvain a flaubé.

— Qu'essé que Pa' faisait avec l'argent que je lui envoyais ?

— Comment tu sais qu'on nous surveille pas ?

— Guillaume, crisse ! Réponds à ma question !

Gui essuie les traces d'eau sur son ordi avec sa paume de main :

— C'est sûrement à cause de PokerStars.

What the fuck ?

— Je comprends pas, là !

Mon frère regarde la lumière du lampadaire de l'autre côté de la rue.

— Y a une caméra dans cette lumière-là, c'est sûr...

Je pousse Gui sur la poitrine.

— Heille ! C'est quoi l'affaire de PokerStars ?

Mon intensité fait sortir Gui de son délire.

— Y a une couple de mois, y m'a demandé de lui télécharger l'application sur son cell.

Non... non... c'pas vrai...

Gui renchérit :

— Je devais garder le secret... y devait m'acheter une chaîne en or, mais y'a jamais rien gagné.

Je m'accote la tête contre la vitrine, je regarde le lampadaire de l'autre côté de la rue. La pluie tombe juste en dessous de la lumière. Guillaume insiste :

— Comment tu sais ça ? Tu les connais, les espions ?

Gui semble de plus en plus paniqué, il me dévisage :

— C'est toi qui as mis le feu ?

Je le regarde, médusé :

— Pardon ?

Guillaume s'avance un peu vers moi, il insiste :

— T'as mis le feu au sapin de Noël pour m'attirer icitte...

Je me redresse, impatient.

— C'est toé qui as crissé le feu à l'arbre !

Guillaume regarde à gauche et à droite :

— Non, mais c'est ça... tu voulais que je le fasse... c'est pour ça que t'es allé faire une sieste, avoue !

Je ne réponds pas, complètement abasourdi par son résonnement d'innocent. Il continue :

— C'est toi qui m'as proposé d'aller chercher un sapin de Noël à l'épicerie...

— Guillaume, esti, j'ai jamais voulu que tu mettes le feu au sapin de Noël, réfléchis deux secondes... pourquoi j'aurais voulu ça ?

Guillaume tape dans la vitrine du Couche-Tard.

— Pour me ramener à l'hôpital ! Pour m'enfermer comme un esti de rat !

Je sens de la bouffe coincée entre mes dents.

— Je le savais! C'est ça ton plan, hein? Me faire passer pour un fou!

Je murmure pour moi-même:

— S'il vous plaît, aidez-moi, je sais pu quoi faire...

Guillaume s'éloigne de la vitrine. Il crie sous la pluie:

— T'as un micro sur toi, hein, tu parles à tes chums?

Je me redresse, excédé.

— J'ai pas de micro... je me parlais à moi-même!

Guillaume rit sous la pluie verglaçante. Les yeux en bois du squelette bougent à toute vitesse sur sa tête.

— Tu te parles à toi-même! C'est toi, le schizophrène! Pas moi! C'est pas moi, esti!

Je donne un coup de pied de toutes mes forces dans son énorme éléphant. La peluche fait un vol plané de trois mètres. Mon frère ne bouge plus, surpris par mon geste. Je m'approche de mon frère:

— Pourquoi tu m'as menti?

Guillaume semble soudainement effrayé. Il lève les mains en l'air comme si je tenais une arme à feu.

— T'es pas allé à ton rendez-vous, Guillaume!

La gorge me pique, mon visage et mes mains sont gelés par la pluie verglaçante.

— L'hôpital a laissé un message sur le cell de Pa'! Je sais toutte!

— Je peux t'expliquer... je peux tout t'expliquer.

— Fuck off, je veux pu rien savoir.

Il me fait tomber sur l'asphalte. Il embarque sur moi en me tenant les bras. Je me débats, mais je ne suis pas capable de me défaire de son emprise.

— Lâche-moi, esti!

Guillaume me tient bien fermement :

— Écoute-moi !

Je me débats comme un diable dans l'eau bénite.

— Je t'en supplie, écoute-moi !

Il ne me laissera jamais partir. J'arrête de bouger, je fais comme si j'étais calme, même si je bous en dedans.

— Y vont m'injecter une puce pour me tracer... comme un GPS.

J'observe Gui avec pitié. Il continue :

— Quand y m'injectent ce médicament-là, ça me fait prendre du poids, Louis... je suis laid quand y me piquent, Louis.

Je vois tout le désespoir et la tristesse dans son visage. Mon dos baigne dans une flaque d'eau glacée. Ma nuque est trempée. La pluie traverse mon manteau.

— Je comprends, Gui.

Guillaume scrute mon visage.

— Tu dis juste ça pour que je te lâche !

Il pleure en me tenant fermement les bras. Je renifle en retenant mes larmes. Je n'essaie plus de me débattre. Un sanglot traverse ma voix.

— Qu'esse tu veux que je fasse, Gui ? Qu'est-ce que je peux faire ?

Guillaume m'empoigne de toute ses forces. La laine de sa tuque dégouline.

— Aide-moi. Je veux pas aller à l'hôpital, mais... aide-moi.

Je pleure. Tout est noir et glacé. Guillaume lâche mes bras. Je reste allongé, je n'ai plus la force de me relever. Il me tend la main, mais je ne la prends pas. Il m'empoigne par le collet et me lève par le manteau. Je me sens léger comme une plume. Je m'accroche à lui comme un bébé panda. Je suis frigorifié. Gui s'en aperçoit:

— Faut aller se réchauffer...

Il m'amène dans le dépanneur. La caissière est terrifiée. Elle a probablement assisté à toute la scène.

— On est désolés, faut juste se réchauffer un p'tit deux minutes...

Elle ne répond pas. Elle hoche la tête en servant un client tout aussi terrifié. Je m'assois par terre, près de la porte.

— Je vais te faire un café, un bon café, je sais que t'aime le café!

Je suis gelé. Je lui fais signe que oui, résigné. Je me laisse porter par les décisions de Guillaume.

— Donne-moi ta carte débit, je m'occupe de tout.

Je fouille dans ma poche de manteau et en retire mon portefeuille. Guillaume me l'arrache des mains et fait le tour du dépanneur. Il agrippe des piles et des ramens. Il me sert un gros café noir. Guillaume prend un autre gobelet et se fait un chocolat chaud. J'entends la sonnerie de mon téléphone, c'est Mégane qui m'envoie un texto. Elle écrit: «Tu me donnes pu de nouvelles, veux-tu j'te pète la yeule?» Je souris un peu. Je l'appelle. Elle me répond:

— Heille, allô, je suis contente que tu m'appelles!

La voix de Mégane m'apaise. Je tremble de froid dans le dépanneur.

— Allô? Louis?

— Ouais...

— Ça va?

— Pas full...

La caissière scanne les vingt petits paquets de ramens que Gui a pris soin d'empiler sur le comptoir.

— Qu'est-ce qu'y a, Louis?

— Peux-tu venir me chercher... je suis au Couche-Tard au coin de Tricentenaire.

Mégane n'hésite pas, ne pose aucune question:

— J'arrive.

Je raccroche, soulagé à l'idée de voir mon amie Mégane. J'entends Guillaume demander à la caissière:

— Je vais te prendre un Célébration avec ça.

42

Mégane a de la misère à ouvrir le coffre de sa Mazda avec sa clé. De la pluie glacée nous tombe dessus.

— Câlisse, je vois rien.

J'allume la lampe de poche de mon téléphone. Elle ouvre le coffre, Guillaume se penche pour prendre l'urne de glace, qu'il amène jusqu'à l'entrée, sous un petit toit.

— On va laisser l'urne dehors, à l'abri de la pluie... elle va être correcte.

Guillaume renifle, il demande avec crainte:

— T'es sûr? On va peut-être se la faire voler...

Je lui fais signe que non. On rentre chez Mégane. On enlève nos manteaux, qu'on accroche à la patère violette. Ils dégoulinent comme si on s'était baignés dans un lac. Meg s'inquiète :

— Allez vous changer dans ma chambre... vous mettre des vêtements secs. Vous allez tomber malade !

Guillaume semble médusé d'être chez Mégane. Il ne parle pas beaucoup. J'enlève mon t-shirt, mes pantalons et même mes sous-vêtements. Guillaume est surpris :

— Heille, je vois ton cul !

Je murmure :

— Osti, Guillaume, tourne-toi... arrête de me regarder.

Guillaume rigole dans son coin en enfilant un bas de pyjama. Je m'empresse de mettre une paire de bobettes, des joggings et un chandail à manches longues. Quand je me retourne, Guillaume a mis son pyjama deux pièces bleu poudre parsemé de petits ananas. Il enfile ses lunettes de soleil et me regarde d'un air fier.

— Qu'esse tu fais là ? Mets pas ton pyjama... on dort pas icitte.

— Ben... on va dormir où ?

— Je sais pas, Guillaume. Enlève ton pyjama pis mets du linge normal s'te plaît...

Je sors de la chambre, Guillaume me suit. Il envoie la main à Mégane, qui est en train de nous réchauffer quelque chose à manger. Meg aime le pyjama de Guillaume :

— Heille ! Beau pyjama !

Guillaume se tourne vers moi. Il baisse ses lunettes et me fait un clin d'œil :

— Les ananas, ça rend joyeux.

On s'assoit à la petite table ronde. Gui admire le chandelier marocain. Le luminaire brille et se reflète dans ses lunettes noires. Mégane nous sert des assiettes de spaghetti avec des tranches de pain. Je suis gêné :

— T'étais vraiment pas obligée de faire ça, Meg... on avait soupé.

Guillaume étale une généreuse quantité de margarine sur sa tranche de pain et prend une bouchée.

— Des ti-sandwichs de pauvres...

Je le regarde avec un air bête. Il se tourne vers Mégane :

— Une chance que j'ai acheté des piles pis des ramens... on était dead sinon.

Mégane sourit par politesse. Elle nous demande pourquoi on s'est fait expulser de l'appartement. Guillaume s'enfile le spaghetti comme s'il n'y avait pas de lendemain. Je me racle la gorge, je ne sais pas par où commencer. Guillaume me devance la bouche pleine :

— C'était l'horreur...

Je le regarde en silence, découragé. Puis, soudainement, il lâche un cri foudroyant. Mégane sursaute. Je recule un peu ma chaise. Je réalise que Guillaume a un couteau dans les mains, mais il lâche ses ustensiles lourdement dans son assiette. Il se lève, va dans la chambre de Meg et revient avec son billet de loto :

— Notre porte de sortie !

Je soupire, soulagé. Mégane rit.

— As-tu une cenne noire ?

Mégane réfléchit :

— Je pense que j'ai des vingt-cinq cennes quelque part.

— Shit, ça marche pas, faut gratter avec une cenne noire.

Ce gars-là arrête pas deux secondes.

— On peut gratter avec n'importe quoi, Guillaume... mais là, c'est pas le temps, tu vas mettre de la marde partout... Finis ton assiette avant.

Gui lâche son billet de loto et se replonge dans son assiette. Meg me sourit. On termine de manger notre souper. Je fais la vaisselle avec Guillaume pendant qu'on explique comment on s'est retrouvés dans cette situation-là. J'évite d'entrer dans les détails. Je ne précise pas que Guillaume a mis des lampions dans l'arbre de Noël ni qu'il a ravagé le mur à coups de poing. Je m'assois dans le divan avec Meg pendant que mon frère gratte son Célébration dans la cuisine. Pistache est monté sur ses genoux et Gui le caresse doucement avec ses gros doigts. Mégane murmure :

— Qu'est-ce que vous allez faire ?

Je réfléchis. Je deviens soudainement très émotif en pensant au futur. Je ne sais pas du tout quoi faire. Meg prend ma main et la caresse avec son pouce. Guillaume est hyper concentré sur son billet de loto. Il prend soin de gratter tout ce qui est grattable, puis il lâche son vingt-cinq cennes.

— On est dans l'trouble Louis... on n'a pas gagné.

Tu m'étonnes.

Il me scrute à travers ses lunettes de soleil.

— Où on va dormir à soir ?

— On va aller dans un motel, Gui.

Mégane me donne une petite tape sur l'épaule.

— Hein ? Ben non, vous allez dormir ici ! Ton frère est déjà en pyjama.

Je suis mal à l'aise :

— On t'a déjà assez dérangée...

Elle me répond du tac au tac :

— Louis, t'es niaiseux.

Guillaume sourit, fier.

— C'est vrai, ça.

Je regarde mon frère d'un air faussement déconcerté. Mégane rit.

— Cette nuit, vous dormez ici.

Guillaume flatte Pistache.

— Je peux dormir avec le chat ?

— Oui. Mais c'est une chatte.

Guillaume se force pour ne pas rire derrière ses lunettes de soleil. Il fait tout ce qui est en son pouvoir pour ne pas succomber à la tentation. Il veut mon approbation, mais je ne la lui donne pas. Gui a les lèvres pincées et continue de flatter la chatte comme si de rien n'était.

C'est beau, Gui, bien joué.

43

Je suis dans le lit avec Mégane. Je pense à Guillaume qui dort sur le divan du salon.

J'espère qu'il ne fera pas une connerie cette nuit... genre nous tuer dans notre sommeil.

Mégane se retourne sur le côté pour me regarder.

— Tu vas faire quoi ?

Je fixe le plafond.

— Je sais pas.

Elle me caresse l'épaule :

— Je suis là, mon ami.

Je deviens très émotif, sur le bord des larmes.

— En fait... je sais ce que je dois faire... mais je sais pas si je suis capable de le faire.

Mégane m'écoute en silence. Mes lèvres tremblent.

— Faut que je l'amène à l'hôpital... mais ça va le tuer, je sais que ça va le tuer.

Mégane réfléchit et me souffle tout bas :

— En même temps, tu fais ça pour son bien. T'es pas une mauvaise personne si tu fais ça, Louis.

Des larmes coulent sur mes tempes.

— C'est juste... mon père vient de mourir... j'veux pas perdre Guillaume en plus...

Je pleure dans l'oreiller de Mégane. Elle me prend dans ses bras pour me consoler. Je me laisse bercer dans les bras de mon amie. Ça fait tellement du bien d'être dans les bras de quelqu'un.

— J'ai trop une bonne idée...

J'essuie les larmes sur mes joues.

— Pourquoi tu fais pas ton roadtrip entre gars ?

— Je voulais faire ça quand mon père était vivant. Là, ç'a pu rapport.

— Au contraire, je pense que c'est le meilleur timing... te retrouver avec ton frère.

Je me tourne sur le ventre, résigné.

— J'ai pas de voiture.

— Vas-y avec mon char.

Je scrute son visage. Elle me prend de court. Je ne sais pas quoi répondre.

— Pis tu pourrais faire une vraie cérémonie pour ton père... pendant que l'urne n'a pas encore fondu...

Je pense à l'absurdité de la situation et je ne peux pas m'empêcher de sourire. Meg sourit en me demandant pourquoi je souris.

— Rien... c'est juste... c'est absurde.

Mégane s'allonge sur le dos en regardant le plafond et lâche :

— It is what it is.

J'éclate de rire. Meg se tourne vers moi avec un regard d'incompréhension.

— Je ris pas de toi... c'est juste... Seinfeld a un numéro là-dessus. Y dit qu'il déteste quand on lui dit des phrases vides genre : «It is what it is» pis que tant qu'à se faire dire ça, il aimerait mieux qu'on lui souffle dans' face.

— Toé pis ton baby-boomer...

Mégane me souffle dans le visage.

— Tin, content?

Elle me pousse gentiment le front. Je veux faire la même chose, mais je rentre mon doigt dans son œil sans faire exprès. On est pris d'un fou rire incontrôlable. Je me cache le visage à deux mains pour me protéger d'une riposte. Je me tourne sur le dos et mets mes deux mains derrière ma tête. Je souris à pleines dents.

C'est parfait, Meg, c'est parfait.

44

Je me réveille avec le cul de Pistache dans la face. Je la chasse gentiment. Mégane n'est plus dans le lit. J'entends des voix dans la cuisine. Ça sent le café. Guillaume se fait crémer les mains par Meg. Mon frère est médusé. Meg sourit et me prévient :

— Ton frère fait de l'eczéma sur les jointures... sont rouges au boutte.

Elle s'approche de moi et me met de la crème Aveeno sur les doigts.

— Oh... OK.

Meg rit.

— Frotte, ça va te faire du bien. Faut que ça pénètre.

J'étale la crème sur mes mains. Je frotte. Guillaume et moi, on se frotte les mains en silence.

C'est vrai que ça fait du bien.

Mégane nous regarde en souriant, légère :

— Bon, je vais dans' douche. J'ai fait une omelette, y en reste... ton frère t'en a laissé, y'est fin d'même.

Meg fait un clin d'œil à Gui. Mon frère sourit timidement. Je vais à la cuisinière, je me sers le restant d'omelette et je me verse une tasse de café. Je m'assois à la table et je mange en silence. Guillaume ne bouge pas, il porte toujours son pyjama avec des ananas. Il réfléchit derrière ses lunettes de soleil :

— Penses-tu que Mégane voudrait m'épouser un jour ?

Je rase de m'étouffer avec mes œufs. Je dépose mes ustensiles.

— Je sais pas trop, je pense pas, Gui.

Guillaume fixe le vide.

— Elle fait tellement bien à manger, ce serait la blonde parfaite.

Oh boy.

Je pique dans mon assiette et j'avale une autre bouchée d'omelette.

— Fait que, tu voudrais l'épouser parce qu'elle fait bien à manger ?

Gui réfléchit.

— Ben... pas juste ça, là... elle a un bel appart, pis elle me crème les mains.

Bon, ça y est.

Je termine l'omelette. Je bois une gorgée de café.

— J'ai pensé à de quoi hier...

Guillaume me regarde en silence. Il ne bouge pas d'un poil.

— Ça te tenterait-tu qu'on fasse un mini roadtrip en Gaspésie ?

Gui ne comprend pas. Il pense que je le niaise.

— C'est quoi l'affaire ? Pourquoi tu veux qu'on aille là-bas ?

Je bois une autre gorgée de café.

— Pour le fun. On a pu d'appartement, on est dans' rue... Faire ce voyage-là, ça va nous permettre d'être ensemble, de se changer les idées, de voir ce qu'on fait... pis de faire une vraie cérémonie pour Pa'.

Guillaume se lève et me serre dans ses bras. Il me serre tellement fort qu'il m'étouffe.

— OK, c'est beau, Gui... je peux pu respirer...

Guillaume enlève ses lunettes et s'essuie les yeux.

— Tu m'abandonnes pas ?

Il ressemble à un petit gars. Mon cœur se serre en le voyant comme ça.

— Ben non, je t'abandonne pas, niaiseux...

Il réfléchit.

— On n'a pas de char.

— Meg nous prête sa voiture.

Il capote. Il met les mains sur sa tête, il n'en revient pas.

— Ça veut dire que je vais être ton copilote ?

— Ben... ouais ?

— Oh mon dieu, wow, c'est malade.

Guillaume fait les cent pas de la cuisine au salon.

— En plus, je viens d'acheter plein de ramens... pis on a des piles, fait qu'on est corrects pour un boutte.

Je comprends pas le truc des piles, mais je ne pose pas plus de questions.

— Ouais, on a plein de piles, plein de nouilles... Ça va ben aller.

Guillaume lâche un petit cri de joie. Il fait fuir Pistache.

— Heille, crie pas.

— Qu'est-ce qu'on va faire de Pa' ?

— Ben, on le met dans le coffre du char.

— Ouin, je sais pas... y va fondre.

— Merde, t'as raison.

Meg sort de la salle de bain les cheveux mouillés. Elle a mis l'uniforme du Tim Hortons.

— J'ai une vieille glacière dans mon locker... je vous la passe. Faites-moi juste un lift au Tim pis je vous laisse mon char.

Meg sourit en se brossant les cheveux. Guillaume semble subjugué. Je me lève, je prépare le stock. Je packe nos sacs à dos dans le char. Gui s'occupe de mettre Sylvain dans une vieille glacière orange. Il met de la neige dedans pour qu'il se conserve plus longtemps. Mégane sort avec sa casquette brune et barre sa porte. Sur le chemin, encore La Bottine souriante. Pu capable du temps des Fêtes.

«SON P'TIT PORTE-CLÉ TOUT ROUILLÉ, TOUT ROUILLLÉ, SON P'TIT PORTE-CLÉ...»

Guillaume est assis sur la banquette arrière, il s'étire et ferme la radio.

— Tellement poche, cette toune-là...

Il connecte son téléphone à la radio. Il monte le son au maximum:

«SUMMERTIME, WHITE PORSCHE CARRERA IS MILKY! I'M ON THE GRIND, LET MY PAPER STACK WHEN I'M FILTHY!»

Je me bouche une oreille. Mégane grimace.

— Fuck, Gui, baisse la musique!

Mégane crie, souriante:

— Guillaume, t'as trop de goût!

Je me retourne vers mon frère, qui sourit avec ses lunettes de soleil. Quand on arrive au Tim Hortons, Meg descend de la voiture. Je descends aussi. Elle me prend dans ses bras.

— Vous allez vivre un beau moment, je suis sûre. Profites-en.

Je la serre fort.

— Merci pour tout, mon amie.

Les cheveux mauves dans le vent, Meg me sourit en fermant un œil. Elle marche vers le Tim, prête à commencer son shift. J'embarque dans la voiture, côté conducteur. Gui sort au même moment de la voiture pour passer à l'avant. Dehors, je l'entends crier :

— Meg! Meg!

Mégane se retourne. Guillaume crie :

— Merci de m'avoir crémé les mains!

Mégane éclate de rire. Gui ajoute :

— Tu fais tellement bien à manger! Un jour, je vais t'épouser!

Oh boy.

Je klaxonne, je crie à Guillaume de venir me rejoindre dans la voiture. Mégane entre dans le Tim, prise d'un fou rire. Mon frère entre dans la voiture, un peu essoufflé. Ses yeux brillent sous ses lunettes de soleil. Il semble fier de lui.

— Je lui ai dit, Louis! Je lui ai dit qu'elle fait bien à manger!

— Ouais, j'ai tout entendu, t'es un vrai gentleman.

— Ah ouin?

Je lâche un petit soupir :

— Ouais, solide!

Je démarre la voiture. Je sors du stationnement et je tourne à droite sur Sherbrooke. Gui lève le son. 50 Cent gueule dans la Mazda :

« SO I DON'T CRUISE THROUGH NOBODY 'HOOD WITHOUT MY GUN! »

Gui est en extase. Il bouge de la tête au rythme de la musique, il essaie de baisser la fenêtre, mais elle est gelée.

Il crie à tue-tête :
— JE SUIS UN GENTLEMAN !

45

— J'ai envie de pisser.

Gui m'annonce ça à la hauteur du Toys "R" Us à ville d'Anjou.

— Ça fait quinze minutes qu'on roule... t'es pas allé chez Meg avant de partir ?

Il me fait signe que non en gigotant.

Bon.

Je prends la sortie. Je passe sur le petit viaduc de la rue Curatteau et je tourne à droite sur Boucherville. J'entre dans le stationnement de la Place Versailles et je me stationne. Je détache ma ceinture.

— Je peux y aller tout seul ?

— Je viens avec toi.

Gui me regarde avec suspicion :

— T'as envie ?

— Pas vraiment...

— Ouin, fait que pourquoi tu veux venir ?

Je le sens un peu tendu. Je n'ai pas envie de le provoquer en l'infantilisant.

— OK, je t'attends ici.

Il semble satisfait de ma réponse. Il détache sa ceinture, sort de la voiture et court vers le centre d'achats.

En le voyant courir, je me dis que j'aurais peut-être dû le suivre.

Fuck off, c'est un grand garçon, y'est capable de pisser tout seul.

Je cherche une chanson à faire jouer dans la voiture. Je tombe sur *Sea of Love* de Cat Power. Ça me fait penser à Nicolas C'est Le Démon.

P'tit con.

Un couple se tient par la main en sortant du centre d'achats. Je me demande ce que mon ex peut bien faire en ce moment. Je ne sais pas s'il est encore avec le même gars. Je ne sais pas s'il est heureux. J'espère qu'il l'est. Je le lui souhaite.

C'est sûr qu'il ne trouvera jamais une personne plus drôle que moi.

Je regarde l'heure, je commence à stresser. Guillaume n'est pas parti depuis très longtemps, mais j'angoisse. Je sors de la voiture et j'entre par la porte à côté du Mikes. Je vais aux toilettes les plus proches et je regarde sous les portes. Je ne vois pas de jambes. Guillaume n'est pas là.

Tabarnak, je le savais, esti, je le savais.

Je sors des toilettes, je cours dans le centre d'achats. J'accroche quelqu'un.

— Je m'excuse vraiment !

Je passe devant le magasin L'Octogone. Ma tête tourne un peu. J'imagine Guillaume en train de tuer quelqu'un. Mon frère qui fait une prise d'otage avec un enfant de onze ans dans les bras.

Y doit être en train de nager dans une fontaine, esti.

Je panique, je cours tout droit. Je cours à la recherche

des fontaines du centre d'achats. Je ne sais pas pourquoi je pense à ça maintenant. J'ai une bulle au cerveau, mais mon instinct me dit que Guillaume est sûrement près d'une fontaine. Je cours, j'ai chaud, je sue sous mon manteau. Je tombe sur une fontaine avec des enfants en bronze. Ils jouent tout nus dans l'eau. Je ne vois pas mon frère.

Gui aime les grosses fontaines.

Je marche rapidement vers la grosse fontaine. Je me souviens qu'elle est près du Ardène. Je cours, je prie pour qu'il soit là. Je l'appelle, mais il ne répond pas.

Câlisse, c'est sûr qu'il nage tout nu dans' fontaine.

J'arrive devant les cascades de bronze. Il n'est pas là. Je suis soulagé mais inquiet en même temps. Guillaume peut être n'importe où et il peut être en train de faire n'importe quoi. Je cours dans le centre d'achats. Je l'appelle à nouveau. Je lui envoie un texto. Aucune réponse. Je maudis mon frère. Je regrette de lui avoir proposé de faire un un roadtrip en Gaspésie.

C'est de ta faute, t'aurais dû l'amener à l'hôpital!

Ah ta yeule, toé, sérieux.

Il est sûrement en train d'étrangler une personne âgée ou de se masturber au McDonald's!

Dégage, je veux pas te parler, esti.

Je suis trempé de sueur, j'enlève ma tuque. J'ai les cheveux mouillés. Je croise le kiosque d'information, je regarde la femme derrière le comptoir comme si c'était une apparition du petit Jésus.

— Madame! Vous devez m'aider, madame! Je cherche mon frère!

Je peux lire sur son chandail qu'elle s'appelle Ginette.

— Oui. Calmez-vous, monsieur, il a quel âge, votre frère ?

— Trente ans !

Ginette me regarde avec suspicion :

— C'est une blague, monsieur ?

— De quoi, c'est une blague ? C'est pas une blague, j'ai perdu mon frère.

Ginette replace ses petites lunettes. Son impatience est palpable.

— Avez-vous essayé de l'appeler ?

J'échappe ma tuque par terre. Je la ramasse.

— Oui, plein de fois, y répond pas... vous pouvez faire un message dans votre micro ? L'appeler dans tout le centre d'achats ?

Ginette me regarde avec froideur.

— Monsieur, il y a des règles bien strictes pour l'utilisation de l'interphone. Habituellement, on fait ça pour chercher des enfants égarés... pas pour des hommes dans la trentaine.

Je m'accote sur le comptoir, les yeux exorbités.

— Non, non, vous comprenez pas, là, mon frère est schizophrène, je veux juste m'assurer qu'il va bien !

J'ai un sanglot dans la voix. Ginette semble soudainement désemparée. Au même moment, j'entends derrière moi :

— Louis ?

Je me retourne, je vois Guillaume, qui semble très relax. Il porte sa tuque de squelette et me regarde avec surprise.

220

— T'étais où, esti? Je stressais ma vie! Je t'ai appelé plein de fois!

— Mon cell est dans l'char… je m'excuse.

Ginette, la bouche entrouverte, m'observe sans bouger.

— OK, je l'ai trouvé, merci.

Je quitte le centre d'achats avec Guillaume. Arrivé à la voiture, il me demande:

— T'es sûr que ça va?

Je démarre. Je branche mon cellulaire. La chanson de Cat Power se met à jouer. Je m'empresse d'arracher le câble pour ne plus entendre la musique. Guillaume n'ose pas me regarder, il fait semblant d'observer quelque chose par la fenêtre. Je recule en pensant à mon ex.

P'tit con, c'est sûr qu'il trouvera jamais une personne plus drôle que moi.

46

— On couche-tu au Château Frontenac à soir?

On est à la hauteur de Portneuf. Je renifle et je regarde dans mon rétroviseur. Un char me suit dans le cul. Il me stresse. Guillaume insiste:

— Ce serait cool de dormir dans un château.

— Ouais, ce serait cool… pis crissement cher.

Il regarde dans le rétroviseur avec ses lunettes de soleil.

— Ça fait combien de temps qu'il nous suit, lui?

Il sort son cellulaire de sa poche, se retourne et prend la voiture en photo.

— Qu'esse tu fais, Gui ?

— Je l'ai pris en photo... l'esti d'pourri.

— Pourquoi tu dis ça ?

— Y nous suit depuis quarante-cinq minutes pis toi tu vois rien... comme d'habitude.

Je lâche un long soupir.

— Gui, on est sur l'autoroute... normal que des chars nous suivent !

— Non mais lui, y'est louche.

— Pourquoi il serait plus louche qu'un autre ?

— Y roule en Honda.

Je regarde dans le rétroviseur. J'attends la suite, mais elle ne vient pas.

— OK, y roule en Honda... pis ?

Guillaume enlève sa tuque.

— C'est un fan de René Simard.

What the fuck.

Je pouffe de rire.

— Ça te fait rire, les fans de René Simard ?

Je ne suis pas capable d'arrêter de rire. Je baisse ma fenêtre pour essayer de me changer les idées. Le vent est glacial.

— C'est pas René Simard qui me fait rire...

Guillaume regarde dans le rétroviseur.

— Checke, esti ! Y nous suit encore ! Y nous lâche pas !

Je ris tellement que j'ai mal aux joues. Je mets mon clignotant à droite. La Honda accélère et nous dépasse en quelques secondes.

— Tin, c'est fini, René Simard est parti.

— Sûrement une tactique. Y va nous suivre mais en restant en avant.

Oh boy, ça dérape.

Pour changer les idées de mon frère, je lui propose qu'on arrête manger une bouchée dans la prochaine ville qu'on croise. Il est satisfait:

— Bonne idée, on va le semer, l'esti.

Je reste dans la voie de droite. Un panneau nous indique qu'on arrive à Donnacona. Je cherche un restaurant. Guillaume insiste pour aller au A&W, mais je trouve ça dégueulasse. Puis, on croise le Normandin.

— Ah! On mange là, drette là!

Je me stationne et regarde dans le rétroviseur.

— Le fan de René Simard est pas là.

Guillaume me lève son pouce, réjoui.

Dans le restaurant, on prend une banquette. La serveuse s'appelle Carole et nous demande ce qu'on veut commander. Guillaume lui sourit:

— Vous avez un beau nom... j'en connais, une Carole, c'est elle qui m'a fait ça.

Il lui montre sa tuque. Je suis mal à l'aise et ça paraît. Carole sourit poliment et répond à la blague:

— Les Carole, c'est les meilleures. Qu'est-ce que je te sers, mon pitte?

Gui regarde le menu.

— Je vais prendre le burger Gourmet.

Carole se tourne vers moi.

— Je vais te prendre un fish and chips. Pis pouvez-vous m'apporter un bol de fruits frais avec ça, s'il vous plaît?

Je fais un clin d'œil à mon frère, qui s'exclame:

— Non! Je vais enfin savoir ce que ça goûte, une pomme!

La serveuse rit, elle pense qu'il est en train de niaiser.

— Merci, les gars! Ce sera pas ben long.

Je regarde par la fenêtre. J'observe la Mazda.

— Je sais pas si on va réussir à se rendre en Gaspésie avant que Sylvain fonde.

Gui boit son verre d'eau en deux grandes gorgées.

— Ouin, y va être correct... j'ai mis plein de neige sur lui.

Carole nous apporte nos assiettes. Guillaume est sage, il engloutit son burger avant de s'attaquer à son bol de fruits. Arrivé au moment tant attendu, je prends mon cellulaire pour filmer sa réaction. Guillaume croque dans un morceau de pomme.

— Pis, t'aimes-tu ça?

Guillaume mastique, avale le morceau, grimace.

— Pas mangeable...

Je ris très fort.

Ce gars-là va me faire mourir.

— T'aimes le jus de pomme mais t'aimes pas les pommes?

Guillaume boit une grande gorgée d'eau.

— Ben trop *archidulé*...

Acidulé, Gui.

Il touche sa pomme d'Adam comme si un liquide imaginaire descendait dans sa gorge.

— Le jus, c'est plus doux, c'est doux ici.

J'éclate de rire. Il reste immobile. Je l'entends me dire, le plus sérieusement du monde:

— Y a juste les fans de René Simard qui mangent des pommes.

Il enlève ses lunettes un bref instant, puis les remets.

— J'aurais pas dû enlever mes lunettes de soleil... tout le monde me voit, là.

Guillaume se penche vers moi :

— Faut partir, Louis.

Je mange une frite.

— Quoi ? René Simard est icitte ?

— Sérieux... on est suivis.

J'avale ma bouchée de travers. Je dépose doucement mes ustensiles. Autour de moi, les gens parlent et mangent tranquillement. Ils piquent dans leur assiette. Un monsieur savoure un hot chicken. Une madame boit une gorgée de thé en lisant le journal. Une autre dame raconte une anecdote à un monsieur, son mari probablement. Ils se font rire tous les deux.

— On est suivis, Louis...

— Faut que je t'amène à l'hôpital, Gui... ç'a pas de sens.

Les yeux de Gui deviennent gigantesques. Il est blanc comme un drap. Il tremble.

— Non... pas l'hôpital.

Une mouette vole près de la fenêtre. Il vente tellement qu'elle fait du surplace, elle me fait penser à un cerf-volant. Je me retourne vers Gui :

— Je me retiens depuis qu'on est partis... y a pas une seconde sans que j'y pense. En ce moment, t'es pas bien Guillaume. Tu t'imagines des choses parce que t'as pas reçu ton injection...

Guillaume regarde partout autour de lui.

225

— Checke-toi, t'es complètement parano. T'as peur des Honda pis de René Simard, man... wake up! Laisse-moi t'aider pis t'amener à l'hôpital!

Guillaume balance sa tête de droite à gauche. Il se lève et me dit doucement:

— Je vais me tuer...

Il s'apprête à quitter la table, mais je le retiens par le bras.

— Wô! Attends, là... qu'essé tu viens de dire?

Mon frère hurle soudainement à pleins poumons dans le restaurant:

— Je vais me tuer, câlisse! Je vais me trancher les veines!

Tous les clients se retournent vers nous, terrorisés. La serveuse sort de la cuisine.

— Ça va ici?

Je me lève en m'agrippant toujours au bras de Guillaume.

— Oui, ça va... pas d'inquiétude. On va prendre l'addition, s'il vous plaît.

Carole nous regarde avec une nervosité palpable:

— Une ou deux factures?

— Une.

Je m'approche de mon frère et lui dis à l'oreille:

— Niaise pas, Gui, esti... je paye pis on s'en va.

Il se retourne et crie:

— Pas à l'hôpital! Je vais pas à l'hôpital, esti!

Des clients se lèvent et commencent à quitter le restaurant de peur de se faire attaquer par Guillaume.

— Non, pas à l'hôpital... on va en Gaspésie.

— Je veux pu aller en Gaspésie, c'est ce voyage-là qui est maudit... c'est pour ça qu'on nous traque.

Qu'est-ce que je fais, là? Qu'est-ce que je fais?

— Tu veux retourner à Montréal? Parfait! On va retourner à Montréal!

— Non! Pas Montréal!

Guillaume tire sa manche pour se défaire de mon emprise, mais je me cramponne à lui. Je m'agrippe à deux mains de toutes mes forces à la manche de son manteau. Il me pousse. Je tombe le dos dans les assiettes et finis par terre avec mon frère dans mes bras. Guillaume donne un coup de pied sur une chaise.

— Calme-toi, Guillaume! Calme-toi!

Il donne un autre coup de pied de toutes ses forces. J'entends une femme crier de peur. Je me tiens à Guillaume comme un bébé koala à sa maman.

— Y vont appeler la police, faut partir, Guillaume.

Je veux pas te perdre, je veux pas te perdre, esti de con!

Mon frère se ressaisit momentanément. Tous les muscles tendus de son bras se relâchent dans mes mains.

— Suis-moi, faut partir...

Je mets cinquante piasses sur la table. On quitte le restaurant sous les regards abasourdis des clients. Je démarre la Mazda. Un signal sur le panneau de bord m'indique qu'il manque d'essence. Guillaume se frotte les yeux pendant que je conduis:

— Tu vas où?

Je regarde dans le rétroviseur:

— Faut que j'aille gazer...

— Tu vas vers la Gaspésie là! Je veux pas aller en Gaspésie!

Je tombe sur une rouge. Guillaume me prévient:

— Faut pas aller par là...

Je soupire de frustration en regardant par la fenêtre. Je m'efforce de garder mon sang-froid, je prends le ton de voix le plus rassurant possible:

— On va juste aller un peu plus loin... y'ont peut-être appelé la police... faut se cacher de la police, OK?

Guillaume me regarde avec ses yeux paniqués et me fait un signe de la tête. J'ai envie de vomir. Je tente de chasser de mon esprit tout ce qui a pu se passer depuis que j'ai écouté le spécial de Jerry Seinfeld chez Mégane. Je roule jusqu'au Esso. J'ouvre la porte de la voiture, je cherche mon air. Un vieux monsieur se promène avec son chien en laisse de l'autre côté de la rue. Mes oreilles commencent à se boucher et ma vision commence à s'embrouiller.

Câlisse, je suis en train de faire un choc vagal.

Je prends les clés de la voiture et je sors de la Mazda. Je me réfugie dans les toilettes du Esso. Je m'assois sur le bol et je penche la tête le plus bas possible pour faire descendre le sang vers mon cerveau.

J'ai vu ça sur YouTube, me semble... respire, come on, respire.

J'inspire et j'expire. J'inspire et j'expire encore comme un fou. Je me lève, j'ouvre le robinet et je me mets de l'eau dans le visage. Je bois de l'eau à même le robinet, puis je la recrache. Dans le miroir, je ne me reconnais pas. Ma barbe a poussé tellement vite.

J'ai tellement de poils blancs dans ma barbe.

J'essaie de voir en moi quelque chose de rassurant, mais je ne trouve rien. Je sors dehors. Guillaume, un couteau dans les mains, est en train de regarder la Mazda. Je cours vers mon frère. Je regarde la voiture. Je remarque que l'un des pneus avant est crevé. Mon frère pointe la lame vers son abdomen. Je lève mes mains en l'air.

— Je t'en supplie, fais pas ça...

Guillaume a les yeux qui lui sortent de la tête. Je fais un pas vers lui.

— Je vais me tuer, approche pas, je vais me tuer!

Je recule d'un pas.

— Je veux pas te perdre.

Guillaume observe ses pieds. Puis, il lève la tête vers le gros panneau d'affichage qui indique le prix de l'essence.

— Tu vas me tuer, si tu fais ça, Gui.

Guillaume me regarde sans broncher. Puis, son visage se contorsionne. Sa grimace me fend le cœur. De grosses larmes coulent sur ses joues. Ma vision s'embrouille. À travers les points noirs qui apparaissent devant mes yeux, je vois Guillaume faire un mouvement. Je suis persuadé qu'il s'enfonce la lame dans le ventre, mais j'entends le bruit du couteau qui tombe au sol. Je cours vers le couteau. Je donne un coup de pied sur le manche en criant. La lame s'arrête dans une croûte de neige brune à quelques pouces de moi. Je cours vers le couteau et je le lance à bout de bras sur la route 138. Je me retourne vers Guillaume. Il est immobile comme une statue. Je reviens vers lui pour le prendre dans mes bras.

— Je veux écouter 50 Cent dans ma chambre... Je veux regarder des vidéos de fantôme...

Gui enchaîne à toute vitesse, sa voix est différente. Elle est aiguë. Elle est infiniment triste :

— Je veux que Pa' soit encore vivant pour le laver... je veux aller voir si notre bonhomme de neige est toujours debout... je veux rester avec toi.

Gui me serre dans ses bras. Je ne peux presque plus bouger. Une douleur me traverse la poitrine et la gorge. Je suis pris au piège, je ne sais pas comment m'en sortir. Je réponds :

— OK, pas l'hôpital.

Autour de nous, il n'y a pas un chat. Je remarque le Tim Hortons dans la station-service.

— Gui, laisse-moi changer le pneu... pis c'est toi qui choisis où on s'en va, OK ?

Guillaume sourit nerveusement, satisfait de ma réponse. Je prends son bras, je le regarde longtemps dans les yeux. Je répète :

— Pas l'hôpital. Pas l'hôpital.

J'ouvre le coffre de la voiture. Je sors la glacière et je soulève le plancher. Il y a la roue de secours, le cric et la clé de desserrage. Je prends la roue et la laisse tomber au sol. Je la roule jusqu'à l'avant de la voiture.

Je suis brûlé, je suis tellement brûlé.

Je desserre les boulons du pneu crevé. Ça me prend une éternité. Je n'ai aucune force dans les mains. J'ai les doigts gelés. J'installe le cric sous la voiture. Je commence à soulever le char, mais j'entends le châssis craquer sous la pression. Je lâche tout et je ferme les yeux. Je me tiens la tête à deux mains.

Je suis pu capable, j'arrête, j'arrête tout.

Je sens une main sur mon épaule. Guillaume me regarde avec tendresse.

— Tasse-toi, l'frère... je m'en occupe.

Gui desserre le cric, le replace correctement sous la voiture et soulève la Mazda en tournant la manivelle comme s'il avait fait ça toute sa vie. Il m'aide à enlever les vis et la roue. On replace le pneu ensemble. Guillaume est méthodique, il m'explique :

— Faut serrer les bolts en ordre de croisement...

What the fuck ?

Gui me pointe un boulon en me disant de commencer par celui-là. Je l'écoute religieusement. Je pleure en silence en suivant les directives de mon petit frère. Pour s'assurer de notre sécurité, Guillaume prend la relève et serre comme il se doit les boulons de la roue de secours et fait descendre la voiture. Il me tend le cric et la clé de desserrement. Il prend le pneu crevé et le met dans la valise à côté de la glacière. Il va s'asseoir du côté passager. Je regarde la voiture avec émerveillement. Le ciel est blanc immaculé, il n'y a pas un rayon de lumière même si j'ai l'impression qu'il fait soleil. Je démarre la voiture et je tourne sur l'avenue Rouleau.

— C'est toi qui décides...

J'ai la voix de quelqu'un de quatre-vingt-dix ans. Ça nous fait rire un peu. Un rire léger, un rire très passager.

— J'aimerais ça aller sur le bord de l'eau...

Je sors mon cellulaire et regarde sur Google Maps le chemin le plus rapide. Je nous amène sur la rue de l'Église puis je tourne à droite sur Notre-Dame. Je me stationne au coin de la rue Pagé, dans un cul-de-sac.

J'arrête la voiture pour faire face au fleuve. Tout est blanc et gelé.

— T'es sûr que c'est le fleuve ?

Je fais signe de oui de la tête en silence. Gui est heureux :

— C'est beau, hein ?

Je hoche à nouveau de la tête, la gorge serrée.

— Louis... je m'excuse pour le pneu.

Je regarde au loin. J'essaie de me changer les idées et de penser à autre chose, juste pour une minute. Gui me prend la main :

— Je veux juste te dire... j'ai pu peur des Honda, OK ?

Je regarde mon frère dans les yeux. Il me sourit :

— J'ai pu peur de René Simard pis de la Gaspésie non plus... OK, Louis ?

48

— Louis, je suis fatigué.

Guillaume se masse les genoux et la nuque. Il bâille. Il ne fait plus soleil depuis une bonne heure. Je n'ai pas vraiment de plan. Mon but est de rouler le plus longtemps possible pour arriver en Gaspésie le plus tôt possible. Guillaume ferme les yeux et semble s'endormir tranquillement sur son siège.

Super bon copilote, nice.

L'ambiance a un peu changé, Guillaume a même réussi à me faire rire durant le trajet. Je prends mon cellulaire et je cherche une chanson. Je mets *L'oiseau*. La jeune voix de René Simard jaillit dans les petits speakers de la Mazda :

« JE CONNAIS LES BRUMES CLAIRES ! LA NEIGE ROSE DES MATINS D'HIVER ! »

Guillaume ouvre les yeux en panique.

— Éteins ça ! Éteins ça tout de suite ou je saute du char !

Je m'empresse d'enlever la chanson de peur de voir Guillaume faire des tonneaux sur l'autoroute à cause de René Simard. Il regarde tout autour de lui, nerveux.

— Relaxe... c'était une blague, Gui... avec ce que tu m'as fait vivre, on peut rire un peu, non ?

Guillaume n'a pas envie de rire. Il enlève ses lunettes de soleil et regarde dans le rétroviseur pour voir si une Honda nous suit.

Chus cave...

— C'était pas drôle, je ferai pu jamais ça, promis.

Gui s'étire le cou.

— C'est pas des jokes à faire.

Je bâille. Je commence à être épuisé aussi. Je demande à Gui de nous chercher un motel. Il fouille sur Google Maps.

— Y a le Mange-Grenouille proche d'ici.

Je sors de la route 132, je prends la rue de Sainte-Cécile-du-Bic. Je me stationne en face de l'auberge. En entrant à l'accueil, j'ai un choc. Tout est très théâtral. Il y a de vieux meubles, des tapis, des bibliothèques avec une tonne de livres. Un drôle de papier peint représentant une forêt ancienne et fantaisiste recouvre les murs. Ça sent l'encens et le bois. Un feu crépite dans un foyer en brique près d'un divan rouge. La lumière est tamisée et c'est rempli de plantes en plastique. Gui sourit, il est heureux d'être là :

— C'est sûr qu'y a des fantômes ici... ça fait chier de pas avoir un détecteur de champ magnétique... j'aurais pu faire des tests cette nuit.

— Ouais... fait chier...

Par curiosité, je m'enfonce dans l'auberge et j'entre dans la salle à manger. Deux anges immenses et dorés sont suspendus au plafond et soufflent dans des vuvuzelas. Gui est émerveillé :

— Louis, c'est nous ! Y nous ressemblent !

Eh boy...

On retourne à l'entrée. Je me sens pesant, fatigué. Une nausée me serre soudainement l'œsophage. À l'accueil, je demande à la réceptionniste une chambre avec deux lits.

— Il me reste la chambre du peintre, au deuxième étage...

Guillaume est fou de joie.

— Y a-tu vraiment un peintre qui habite dedans ?

La réceptionniste sourit poliment et lui explique que non :

— La chambre a un décor ancestral.

Esti, on pouvait pas pogner un motel normal.

Je paye la chambre. On monte à l'étage. Les murs semblent épais comme du carton, le plancher craque. On entend quelqu'un rire aux éclats. J'enlève mon manteau et je vais directement m'allonger. La tête de lit en bois est monumentale. La chambre est petite. Au fond de la pièce, je vois un chevalet et des pinceaux.

— Qu'esse tu fous, Gui?

Guillaume est en bedaine avec ses lunettes de soleil.

— Je prends un bain.

Dans les toilettes, il n'y a pas de douche, qu'une baignoire sur pattes.

— Inonde pas l'auberge au grand complet, s'te plaît.

Gui rigole.

— Ouin, t'inquiète pas, je veux juste me détendre un peu, prendre soin de mon corps.

Je ferme la porte, découragé. Je fais quelques pas et m'enfouis la tête dans un oreiller. J'entends l'eau du bain couler, elle ne finit pas de couler, elle coule à l'infini. Je me relève, j'ouvre la porte. Gui est tout nu dans le bain avec ses lunettes de soleil.

— Heille! J't'à poil! Ferme ça!

Je referme la porte.

— J'pense qu'y a assez d'eau là, Gui...

Guillaume me répond de l'autre côté de la porte:

— J'en veux jusqu'aux mamelons!

Au secours, aidez-moi.

— Jusqu'au nombril ça serait correct pour à soir, Gui...

J'entends mon frère fermer le robinet et murmurer quelque chose. Je me remets au lit. Gui murmure toujours de l'autre côté de la porte:

— Êtes-vous là?

Curieux, je me lève et colle mon oreille à la porte des toilettes.

— Je m'appelle Guillaume pis j'vous veux aucun mal. Si vous m'entendez, donnez un coup dans le mur.

Est-ce que je suis vraiment en train de vivre ça?

— Ou si vous êtes pas capables... peut-être faire un sploutch dans l'eau... comme ça...

Gui tape doucement l'eau avec ses mains.

OK, c'est magique.

Je donne un petit coup dans le mur. Guillaume ne parle plus. Il attend cinq secondes.

— Louis ? C'tu toi, Louis ?

Je ne bouge plus. Je me retiens de ne pas rire.

— Pouvez-vous le refaire ? Juste un autre petit coup dans le mur ?

Je donne un autre coup dans le mur en lâchant un petit rire. Guillaume s'en rend compte :

— Câlisse, Louis, t'es pas correct !

Je me retiens de ne pas rire davantage et je décide de chanter un petit bout d'une chanson de René Simard :

— C'est l'oiiiiseeauuu... que tu aiiiimaiiis...

— Louis, câlisse !

— Si jamaiiiis... il revenaiiiit...

— Louis !

— Je lui dirais... que tu l'attendaiiiis...

— Louis, esti ! Je vais sortir du bain, je te le jure que je vais sortir du bain !

49

— Prudent. Faut être très prudent.

J'ouvre les yeux. Guillaume est planté devant la fenêtre. Il est encore en bedaine avec ses lunettes de soleil et il se parle tout seul.

— Tu parles encore au fantôme de l'hôtel ?

Gui se retourne comme si je le prenais la main dans le sac. Il sourit nerveusement :

— Ouin ! On sait jamais...

Je bâille. Il s'assoit sur le coin du lit.

— Faut y aller, Louis...

Je regarde l'heure : 6 h 40.

Fucking tôt.

— Wô, on se calme... j'ai ouvert les yeux y a vingt secondes.

Guillaume enfile un chandail et des pantalons.

— Ouin, je t'attends dans le char, donne-moi tes clés.

Dans tes rêves.

— Je me lève, donne-moi dix minutes.

Je m'habille et je prends mes affaires. On descend les escaliers, ils craquent comme s'ils allaient céder sous notre poids. Je vois des gens déjeuner dans une salle.

J'ai tellement faim.

— Tu veux pas déjeuner ?

Gui se tourne et m'annonce très sérieusement :

— Je suis pas bien ici. Faut y aller.

Je le regarde avec inquiétude. Je donne la clé à la réceptionniste et la remercie. Dehors, il tombe de tout petits flocons. On dirait des têtes d'épingle qui nous fondent dessus. Mon frère s'approche très près de mon oreille en regardant nerveusement derrière lui :

— J'ai volé des livres. Ouvre le coffre...

Des livres ? Crisse, il n'aime même pas lire !

— T'as volé des livres à l'accueil ? Pourquoi t'as fait ça ?

Gui regarde partout autour de lui.

— Je t'expliquerai tantôt... ouvre le coffre.

Je tends ma main pour lui faire signe de me donner les livres. Gui fait signe de non de la tête.

— Donne, Guillaume...

Après un petit moment d'hésitation, Gui soulève son manteau et sort deux livres de son pantalon. *Coucher de soleil à Saint-Tropez*, de Danielle Steel, et *Une brève histoire du temps,* de Stephen Hawking.

What the fuck...

— Pourquoi t'as pris ça ?

Guillaume ne me répond pas.

— Gui ? Réponds-moi don' !

Il hésite, puis cède.

— Ça va me faire de la lecture. Surtout Stephen Hawking... j'aimerais ça comprendre les planètes.

On reste un long moment comme ça en silence. J'ai un peu pitié de mon frère. Guillaume regarde partout autour de lui, il me dit sur un ton un peu impatient :

— On y va-tu ? C'est parce qu'on est pas en sécurité icitte, là...

Un flocon me rentre dans l'oreille. J'ouvre le coffre. La glacière est ouverte et renversée sur le côté.

— Non !

Guillaume se penche pour mieux voir et regarde tout autour de lui:

— Qu'est-ce qu'y a? Qu'est-ce qu'y a, Louis?

L'urne est complètement sortie de la glacière. Toute la neige a fondu dans le coffre du char. Une grande partie des cendres de Sylvain s'est répandue dans la voiture. On dirait de la farine mouillée.

— Pourquoi c'est jaune?

Gui met ses lunettes de soleil sur le bout de son nez et me regarde très sérieusement:

— Les pompes funèbres m'ont dit que Pa' avait des gros os...

— Mais... les cendres sont pas censées être grises?

— Ceux qui ont des gros os, leurs cendres sont jaunes... toi pis moi, on risque d'être jaunes, Louis.

Une odeur d'humidité émane de la Mazda. Un haut-le-cœur me prend, je m'éloigne du véhicule en me tenant la bouche. Guillaume sort la glacière, il ramasse l'urne de glace qui a rapetissé de moitié.

— C'est bon, l'urne est encore là.

Je me retourne, choqué.

— Crisse, Gui, y a des cendres de Pa' partout dans le char!

Gui jette un autre coup d'œil rapide:

— Pas si pire.

— T'as mal fermé la glacière! Câlisse, Gui, sérieux...

Je me prends la tête à deux mains. Gui ne semble pas affecté du tout. Il agite sa tête de droite à gauche:

— Faut pas rester ici...

Je l'observe de longues secondes. Guillaume replace ses lunettes de soleil.

— Faut quitter Le Bic, c'est pas un endroit sécuritaire. Oh my god, aidez-moi.

— On peut pas partir, l'urne va fondre. Faut faire notre cérémonie dans le coin...

Je regarde sur mon cellulaire. Je vois qu'il y a un accès au fleuve pas très loin du Mange-Grenouille.

— On va aller porter Pa' là-bas...

Gui fait non de la tête :

— Faut aller en Gaspésie, c'est juste là qu'on va être en sécurité.

Je n'ai pas envie d'embarquer dans son délire. Je monte dans la voiture, il me suit. Je sors du stationnement, je tourne à droite et j'emprunte la route du Golf-du-Bic. Je roule pendant cinq minutes en silence. Gui se tourne toutes les trente secondes pour voir si quelqu'un ne nous suit pas.

— Calme-toi, Guillaume, personne nous suit. On va disperser les cendres à Pa' dans le fleuve pis on s'en va à tout jamais du Bic.

Guillaume semble satisfait de ma réponse. La route du Golf-du-Bic se transforme en chemin de la Pointe. On longe de belles maisons campagnardes.

Ça doit tellement être cher habiter ici.

Je me stationne tout près de la barrière d'un chemin privé. On peut voir le fleuve depuis la voiture. Il y a une île devant nous. Il n'y a personne, c'est le calme plat.

— Va chercher la glacière.

Mon frère sort de la voiture, j'en profite pour prendre mon téléphone cellulaire. Je compose le 911. Je ne laisse pas le temps au répartiteur de finir sa phrase :

— Venez m'aider, mon frère va se tuer.

Je laisse mon cellulaire ouvert et je le dépose dans le porte-gobelet. Dehors, il vente beaucoup. On marche tous les deux vers la rive. La plage est rocailleuse. Guillaume ne regarde pas derrière lui et ça me rassure un peu. Le courant est fort. De bonnes vagues frappent contre les rochers. Enfoncé à moitié dans le sable, je vois une bouteille de bière cassée qui brille sous l'eau.

— On va faire ça ici.

Guillaume ouvre la glacière, sort l'urne. Elle dégoutte sur son manteau. Il dépose ce qu'il reste de Sylvain dans le fleuve. On regarde tous les deux l'horizon en silence.

Me semble que je devrais pleurer en ce moment.

Guillaume se tourne vers moi.

— Faut que tu dises des mots...

— Des mots?

— Ouais... dis quelque chose pour Pa'.

Je réfléchis, rien ne me vient à l'esprit. Je me tourne vers mon frère avec un léger sourire:

— Tu pourrais lire un passage de Stephen Hawking?

Guillaume reste de marbre.

— Je sais pas quoi dire... je suis fatigué.

Guillaume insiste:

— T'es bon avec les mots, dis quelque chose de touchant.

J'observe au loin des petits flocons disparaître doucement dans l'eau. Je cherche l'urne, mais je ne la vois plus. Elle a disparu.

— Y a rien qui me vient...

Guillaume enlève ses lunettes de soleil et les lance dans le fleuve. Instinctivement, je lâche un petit cri. Il a les yeux pleins d'eau.

— Faut dire de quoi, sinon Pa' partira pas en paix... y va rester icitte. Y va finir ses jours au fucking Mange-Grenouille!

Mon frère grimace.

Je ne sais vraiment pas quoi dire, c'est con...

Il ressemble au bonhomme de neige qu'on a fait avec Sylvain.

— OK, je vais dire de quoi... Attends.

Il essuie la morve qui coule sous son nez :

— Vas-y.

Je sens une boule d'émotion monter en moi.

— Je...

Le vent me fouette le visage. Gui essaie de m'aider :

— Fais comme si Pa' était à côté de nous... qu'est-ce qu'on pourrait y dire ?

L'image qui me vient tout de suite à l'esprit, c'est Sylvain avant son cancer, en train de pelleter la neige sur notre petite galerie. Il porte son vieux manteau fluorescent des années quatre-vingt. Il fait le clown de l'autre côté de la porte-patio. Il fait semblant de tomber par-dessus le balcon. Je suis jeune, j'ai peut-être quatorze ans, je ris comme un perdu dans la chaleur de l'appartement. La bouteille de bière scintille dans l'eau et me ramène à la réalité.

— Chu décrissé... on dirait que c'est pas vrai ce qui se passe...

Guillaume m'enlace dans ses gros bras. Je sens sa bedaine contre moi.

— T'es capable, le frère.

Il recule et attend. J'essuie les larmes qui me montent sans arrêt aux yeux.

— Salut, Pa'... Euh... on t'aime.

Je sens dans le regard de Guillaume que ce n'est pas assez. Aucun son ne sort plus de ma bouche.

Je voudrais dire qu'on a été heureux. Qu'à l'Halloween, tu nous mettais nos taies d'oreiller s'a tête, tu nous disais qu'on était des fantômes. Mais tu voulais pas nous faire des trous pour les yeux, pour pas les scraper. Tu t'en souviens-tu, Pa'?

Gui s'impatiente.

— Continue, Louis, dis de quoi!

Il m'énerve.

— Toi, dis de quoi, crisse!

Gui s'éclaircit la gorge et prend un air solennel.

— Pa'... t'es dans' mer maintenant... tu vas pouvoir nager longtemps.

Un silence s'installe, laissant la place au bruit du vent. Soudain, le regard de mon frère s'illumine :

— Fais ton numéro!

— De quoi mon numéro?

La morve lui pend au nez, il a le visage rougi par le froid.

— Ton numéro sur les poissons rouges.

— Oublie ça...

Guillaume insiste :

— Aweille, pour Pa'.

Je commence à grelotter, le vent traverse le tissu de mon pantalon et engourdit mes cuisses.

— Ç'a pas rapport, Gui. Je ferai pas des blagues icitte. Pis mes jokes sont vieilles pis vulgaires... sont même pas bonnes.

243

C'est comme si je lui avais donné un coup de poing. Guillaume se met à hurler.

— OK, laisse faire! Je vais chercher Pa' pis on le remettra à l'eau quand t'auras trouvé quelque chose à dire!

Il se retourne vers le fleuve.

Qu'esse qui fait, câlisse, c'est pas vrai!

Ses bottes entrent dans l'eau, les vagues lui montent jusqu'aux chevilles.

— Guillaume! Guillaume!

Je panique, j'ai les jambes molles. Mon frère continue d'avancer.

— OK, Guillaume! Je vais le faire!

Mon frère se retourne. Il a de l'eau jusqu'aux cuisses.

— Je vais le faire!

Il reste là sans bouger.

Qu'est-ce qu'y'attend? Y'a gagné, esti.

Gui accourt vers moi. Il se précipite comme si on avait ouvert les portes pour un show de U2. Il a le sourire étampé dans son visage trempé de larmes.

Câlisse qu'y m'énerve.

Je reprends mon souffle et je me racle la gorge. Je commence mon numéro sans grande conviction:

— J'ai pas d'animaux de compagnie. J'en ai jamais voulu...

Guillaume sourit. Je vois toutes ses dents. Il est heureux comme un roi. Je souris à mon tour en le voyant si enjoué. Je continue:

— Ben... c'est pas vrai, j'ai un poisson rouge. Ça compte-tu comme un animal de compagnie, ça? J'ai jamais su. C'est assez fucked up quand tu y penses deux secondes: avoir un poisson comme animal domestique.

C'est impossible de se vanter d'avoir un poisson rouge...
à part peut-être la première personne qui a eu l'idée de
faire ça.

J'ai la face engourdie. J'ai de la misère à articuler. Gui
m'encourage en tapant des mains et en riant. J'imagine
que je suis dans un bar et que la salle est pleine. J'oublie
vite l'absurdité de la situation, je me prends au jeu, je veux
faire rire mon frère.

— C'est sûr que c'était la folie la première année où on
a commencé à acheter des poissons. J'imagine que c'était
aussi cool que d'avoir le iPhone de l'année. T'invitais tes
chums chez vous, tu les faisais passer par le salon, pis là...
surprise ! Un poisson rouge dans un bocal ! C'est sûr qu'ils
devaient tous réagir du genre : « Wooowww ! Un poisson
rouge ! »

Gui éclate de rire. J'oublie que je suis sur une plage au
Bic.

— Quand est-ce que c'est devenu socialement accep-
table d'avoir un poisson chez soi ? Est-ce qu'il y a eu un
débat sur cette question-là ? Est-ce qu'on en a parlé dans
les journaux pis à' TV ? C'est sûr qu'il y a eu des gens
contre ça. J'imagine des manifestations anti-poissons
rouges avec des pancartes genre : « Crissez-leur
patience ! » ou encore « Les poissons on s'en fish pas ! »

Gui jubile, il applaudit. Je fais comme si je m'adressais
à un public en délire.

— J'adore mon poisson rouge. L'affaire, c'est que j'ai lu
un article récemment qui déboulonne le mythe selon
lequel les poissons rouges ont une mémoire de sept
secondes. Ç'a l'air qu'ils peuvent se rappeler d'informations

qui remontent à quatre jours. Man... c'est long, quatre jours!

Guillaume est plié en deux comme s'il n'avait jamais entendu cette blague de sa vie.

— Je fais tellement des trucs malsains chez nous, j'imagine mon poisson tourner en rond dans le bocal pendant quatre jours, totalement traumatisé. Je l'imagine se dire: «Oh shit, oh shit, oh shit!»

J'imite un poisson avec des gros yeux qui tourne en rond dans un bocal. Un autre rire de Guillaume. Celui-là est plus profond et il semble voler au-dessus de ma tête. Je vois Gui, mais je ne le regarde pas vraiment. J'entends le bruit des vagues s'écraser sur les rochers. Le bruit de l'eau m'apaise. Je suis en transe, galvanisé.

— J'ai la chienne parce que mon poisson rouge m'a tellement vu faire des trucs weird chez nous que s'il était capable de parler pis d'utiliser un téléphone, c'est pas mal sûr que je finirais mes jours à Pinel attaché dans un lit. J'imagine la police débarquer chez nous en me lisant mes droits. J'aurais la face sur le plancher, le policier me dirait: «On a reçu un appel d'un certain monsieur Bubulle.»

Guillaume s'esclaffe en jetant sa tête vers l'arrière.

— Il nous a dit, et je cite: «Bloup bloup bloup strangulation avec la chaise de cuisine! Bloup bloup poupée gonflable! Bloup il appelle sa poupée Gustavo bloup! Il lui dit tout le temps: retiens ton souffle, Gustavo, retiens ton souffle Gustavo bloup bloup!»

Mon dieu que c'est gratuit pis vulgaire pour rien.

Euphorique, Guillaume clame d'une voix forte en regardant l'horizon :

— Wow !

Je ne sens plus du tout mes doigts. Ma peau brûle à cause du froid. Mon œil droit coule tout seul, mon frère est flou. Je me demande pourquoi il est aussi rayonnant :

— Qu'est-ce qu'y a, Gui ?

Je me frotte l'œil, il m'apparaît à nouveau dans toute sa candeur. Une lumière semble sortir de son manteau. Il lève les bras en l'air. Il touche presque le ciel, s'exclame comme si le monde était à nos pieds :

— T'es un humoriste, Louis !

Du même auteur :

Bleu sexe les gorilles, L'Écrou, 2014

Les volcans sentent la coconut, Del Busso éditeur, 2016

Ce qu'on respire sur Tatouine, Del Busso éditeur, 2018

La fatigue des fruits, L'Oie de Cravan, 2018

La douleur du verre d'eau, L'Écrou, 2018

Peigner le feu, La courte échelle, 2019

Le plancher de la lune, La courte échelle, 2023

Charlotte **AUBIN**
Paquet de trouble (poésie)

Véronique **BACHAND** et Mathieu **RENAUD**
Décembre brule et Natashquan attend (poésie)

Martin **BÉLANGER**
La fin de nos programmes (roman)

Gabrielle **BOULIANNE-TREMBLAY**
Les secrets de l'origami (poésie)

Monique **BRUNET-WEINMANN**
Riopelle – En quête de son mythe

Hélène **BUGHIN**
Enfin une morsure (poésie)

Ariane **CARON-LACOSTE**
Autofixes (poésie)

Philippe **CHAGNON**
Arroser l'asphalte (poésie)
Le triangle des berceuses (poésie)

Yolande **COHEN**
*Une cause féministe en France et au Canada
– Prostitution et traite des femmes
au tournant du xxᵉ siècle*

Claude **CORBO**
Armand et sir Wilfrid – Fiction historique

Catherine **CORMIER-LAROSE**
L'avion est un réflexe court (poésie)

Debout pour l'école !
Une autre école est possible et nécessaire

Éloïse **DEMERS PINARD**
Trois chambres sans lit (récits poétiques)

Michel **DUPUY**
Au-delà (nouvelles)

Patrick **ÉMIROGLOU**
Salut l'écrivain

Alex **GAGNON**
Nouvelles obscurités – Lectures du contemporain
Les déchirures – Essais sur le Québec contemporain

Marc-André **ÉTHIER** et David **LEFRANÇOIS**
Le jeu et l'histoire

Jean-Guy **FORGET**
Pleure pas, Cadillac (poésie)

Vincent Fortier
Les racines secondaires (roman)

Annie **GOULET**
Figurine (novella)

Marie-Élaine **GUAY**
Castagnettes (poésie)

Julien **GRÉGOIRE**
Météo (nouvelles)
Jeux d'eau (roman)

Yvan **LAMONDE** — Marie-Andrée **BERGERON** —
Michel **LACROIX** — Jonathan **LIVERNOIS**
*Les intellectuel.les au Québec —
Une brève histoire*

Simon **LANGLOIS**
Le Québec change — Chroniques sociologiques

Daniel **LEBLANC-POIRIER**
Laval (poésie)

Ellie **MARTINEAU-LAVOIE**
Les bikinis couleur peau (poésie)

Benoît **MELANÇON**
L'Oreille tendue

Marco **MICONE**
On ne naît pas Québécois, on le devient

Victor **PICHÉ**
Le Québec raconté autrement

Lisanne **RHEAULT-LEBLANC**
Présages (nouvelles)

Jean-Christophe **RÉHEL**
Les volcans sentent la coconut (poésie)
Ce qu'on respire sur Tatouine (roman)

Stéphanie **ROUSSEL**
La rumeur des lilas (poésie)

Alain **STANKÉ**
Tout le plaisir est pour moi

Alexandra **TREMBLAY**
L'épidémie de VHS (roman)

Marc **TURGEON**
Les devoirs de l'école

Marité **VILLENEUVE**
Mon frère Paul (roman)

MIXTE
Papier
FSC
www.fsc.org FSC® C100212

Achevé d'imprimer
sur les presses de l'imprimerie Gauvin,
Gatineau, Québec, Canada